Sthefany Lacerda

DIÁRIO DE UMA SENTIMENTALISTA

L&PM JOVEM

Texto de acordo com a nova ortografia.

Capa: Idée Arte e Comunicação
Preparação: Marianne Scholze
Revisão: L&PM Editores

CIP-Brasil. Catalogação na publicação
Sindicato Nacional dos Editores de Livros, RJ

L141d

Lacerda, Sthefany
 Diário de uma sentimentalista / Sthefany Lacerda. – 1. ed. – Porto Alegre, RS : L&PM, 2015.
 176 p. ; 21 cm.

 ISBN 978-85-254-3306-0

 1. Crônica brasileira. I. Título.

15-26307   CDD: 869.98
           CDU: 821.134.3(81)-8

© Sthefany Lacerda, 2015

Todos os direitos desta edição reservados a L&PM Editores
Rua Comendador Coruja, 314, loja 9 – Floresta – 90.220-180
Porto Alegre – RS – Brasil / Fone: 51.3225.5777 – Fax: 51.3221.5380

PEDIDOS & DEPTO. COMERCIAL: vendas@lpm.com.br
FALE CONOSCO: info@lpm.com.br
www.lpm.com.br

Impresso no Brasil
Primavera de 2015

DIÁRIO DE UMA SENTIMENTALISTA

Amo o inverno – talvez porque eu me identifique mais com os dias frios, talvez porque a minha melancolia característica adore um cobertor.

Odeio dias excessivamente ensolarados, e mais ainda aquele calor odioso que invade o nosso corpo e os cômodos (nem preciso dizer que *odeio o verão*).

Acho que as coisas das estações (serem mais frias, mais quentes, mais ar livre, mais dormir e assistir televisão) são mais do que simplesmente coisas das estações. São também coisas nossas. Características humanas. Coisas que carregamos dentro de nós, coisas as quais usamos constantemente, coisas que se usam sem nos pedirem permissão.

Porque a forma como *a vida acontece fora* (os fenômenos climáticos, a maior incidência de luz solar em alguns momentos, as folhas secas, o sol forte, o dia nublado, os casacos, os cobertores, as flores), às vezes, é também a forma como *a vida acontece dentro de nós*. E até aí tudo bem. Tudo corre tranquilamente quando estamos a favor da corrente, por mais louco que o mar esteja. Dá tempo de respirar. Dá tempo de controlar os movimentos, de executá-los de forma mais precisa.

Mas às vezes acontece de estarmos internamente alheios ao verão que ocorre fora. E aí começam os problemas.

O sol se escondeu atrás de uma nuvem.

É hora de ir para casa.

É hora de ir para a escola.

O dia está lindo. E nós estamos tristes.
Estamos cansados. Estamos com sono. O dia bonito só faz aumentar a culpa que sentimos por não estarmos bem.

Está frio.

E, apesar disso, as altas temperaturas viram notícia.

Tem gente na praia. Tem gente aproveitando o domingo com os amigos. Tem gente andando pela rua sem rumo definido.

E nós estamos abrindo o armário para pegar um cobertor.

E aí estamos no carro, indo para a praia. E de repente derrubamos os pratos. E sorrimos. E o verão termina. E novos ventos sopram. E novas pessoas e coisas e situações acontecem.

E tudo muda.

Somos mais parecidos com as estações e, ao mesmo tempo, mais diferentes delas do que podemos imaginar, leitor. Porque assim como elas – e como a vida e como as bolsas de valores e como os sentimentos – somos transitórios.

Estamos. Quase nunca somos.

Esses textos e delírios são sobre meus invernos,

meus verões, minhas primaveras e meus outonos. Sobre as tempestades, e sobre deitar e ouvir meus próprios resmungos, e sobre sentir o sol – e a vida, e alguma coisa maior gritar dentro de mim.

Não sei você, mas *eu amo ouvir música* enquanto leio.

Então resolvi deixar aqui algumas sugestões.

(Sinta-se à vontade para ignorá-las. E para ler sem ouvir nada.)

Outono

"Chasing cars", Snow Patrol

"Tee shirt", Birdy

"Rivers in your mouth", Ben Howard

"Perth", Bon Iver

"To just grow away", The tallest man on earth

Ânsia por respostas

Cansaço, irritação. Nosso mundo que não é nosso. Assassinatos, estupros, assaltos. Faltas. Cochilo no transporte público. Maquiagem na cara. Vamos à luta. Escritórios sem janelas. Vidas complicadas. Históricos. Heranças. Quantidade. Escassez. Arrependimento. Sede. Dor. Testes laboratoriais. Onde encontrar um lar? Como arranjar dinheiro para pagar o empréstimo do carro?

Declaração do imposto de renda. Ausência de renda. Porquinhos quebrados, acúmulo exorbitante de cacos nas esquinas. *Nas almas.* Na bolsa. Estômagos roncando sem perspectiva de silenciarem. Corações aflitos, com medo. Artérias enfrentando problemas. Hospitais sem leitos disponíveis. Ruídos. Rumores. Comentários. Grande interesse pela vida alheia. Colunas de fofocas. Bolsas de valores. Juros abusivos. Cestas de compras. Descontentamento. Cale-se. Mais lixo eletrônico do que gente. Mais obcecados por dinheiro do que gente. Mais gente dando rasteiras no outro sem pensar que pode levar uma mais adiante. Cada vez mais correntes nos mantêm presos. Mais travesseiros nos sufocam. Mais alguns quilômetros nos separam de nós mesmos. Bocas clamam por liberdade. E ela está sempre uma rua à frente.

Foi.

Fomos.

Você me pediu fogo. Eu sei por quê. Porque fogo nunca é só isqueiro, fósforo ou fogueira. Pelo menos não para nós.

Você se virou e virou as mangas da camisa e virou e revirou o cabelo e me olhou como quem não quer nada, querendo tudo. Mas não posso. Não posso te ajudar a virar as mangas da camisa, ou a colocar o cabelo atrás da orelha. Não posso porque qualquer coisa vinda de você revira todas as coisas por aqui. E também não posso te dar oi, nem um aceno de leve, nem aqueles acenos que damos para conhecidos para não perder a carona. E também não posso ouvir o que você tem ouvido, ou conviver com pessoas que usam o maldito, o bendito perfume que você usa. Ou que usava. Não importa.

Independentemente de todas as milhares de coisas, em sua maioria sem sentido, que vivemos, que sentimos juntos, que nos deixaram sentados nas calçadas, que fizeram a gentileza de levar à força tudo o que nós não temos coragem de abandonar por conta própria...

Quero que você saiba que não quero que você volte.

Que não quero sentir nem o vento tocar em mim. Não quero que nada me toque, me apavore. Cansei de sentir tanto. Esse é o problema dos sentimentalistas: os sentimentos dilaceram, surram, chutam e dão as ordens. Não nos permitem tecer comentários. E nós obedecemos. *Porque sentir é bom, porque sentir é estar* vivo. Porque se dói, ainda não morremos. Porque se dói, ainda somos humanos. Porque se dói, antes doeu. *É que, na verdade, ser humano é doer.* Ser humano é ouvir vozes que nada dizem, é sentir cheiros que não existem, é acenar para conhecidos porque o último ônibus já se foi. Ser humano é negar emprestar um isqueiro, por medo de se queimar, de alguma forma.

As árvores parecem tristes

Me despe, me confunde, me puxa. E nunca me tocou. O que faz é...Virar o rosto.

Mas eu te conheço.

Cruza comigo e me vira as costas.

Desvira a camiseta que vestiu às pressas, antes de encarar mais um dia.

Mais uma chance de fazer tudo ter valido a pena, já dizia aquela música, quando o sol renasce.

Mais uma chance desperdiçada, quando o relógio marca a morte de mais um dia.

Te vejo na escadaria, perto dos orelhões. Te vejo na biblioteca, dissecando livros. Te vejo na cantina, amassando papéis engordurados.

Tudo te parece grave.

O dedo que sangra, a ferida, os arranhões, o amasso na lateral do carro, o tilintar das botas de couro no assoalho envergado.

Tudo te parece triste.

Os pinheiros, as sombras que se escondem atrás dos eucaliptos quando o sol ameaça expô-las. As agulhas que penetram nas células epiteliais da criança que contraiu uma doença desconhecida. Os soluços amargos do apostador que nunca ganha merda alguma. As mãos feridas da garçonete, os cacos de vidro inescrupulosos que insistem em rasgar as mãos do catador de lixo, as queimaduras que residem nas palmas e na memória de inocentes, torturados durante os regimes totalitários. E você tem razão em atribuir importância a alguns desses fatos.

Muitos são, sim, inegavelmente graves.

Você odeia as obrigações que nos são impostas, o fato de estarmos sempre um passo atrás. Não vive na conformidade, não transita por estradas sem buracos.

Ergue o dedo do meio para a uniformidade, para a padronização das opiniões. Mas repudia os massacres que decorrem das divergências, e as considera tão naturais à nossa condição humana quanto o nosso instinto de manter a barriga e os armários cheios.

Você estará finalmente bem, inteiramente bem, quando a festa rolar, quando os cigarros visitarem quantidade significativa de lábios, quando o sangue for estancado, quando a hemorragia ocasionada por disfunções hormonais for contida, quando as crianças não mais chorarem, quando os estômagos não mais roncarem, quando as botas se calarem, quando as queimaduras cicatrizarem, quando as lembranças deixarem de gritar, quando os cacos se acertarem com as palmas e as agulhas deixarem de provocar dor na pele frágil do enfermo...

Não.

Não há esse quando.

Você sabe disso. Eu sei disso. O porteiro assina embaixo, o motorista não se interessa, o que o adolescente solitário quer é alguém que o acarinhe, e o que o empresário quer é ir para as ilhas Maldivas no fim do ano. Ok. *Pouca gente se importa em saber, e sempre vai ser assim.*

Mas

eu e você, mim e ti – não me cobre norma culta, por favor – sabemos que o quando é sempre parcial, que o quando é como sentir-se feliz com alguma trivialidade, com algum acontecimento inédito, imprevisível. Que, se dependermos de todos esses quandos, jamais nos sentiremos bem. Que eles são variáveis, modificam-se constantemente, com a mesma destreza do capitalismo se reinventando a cada manhã. Que eles estão estagnados, mancos e que são imutáveis. Que os quandos são não estar bem em alguns aspectos e não conseguir, mesmo depois de pesquisar em dicionários conceituados, encontrar uma palavra que defina tamanha alegria por existir. *Tamanha alegria por ter os defeitos que se tem, por amar,* por ter quase caído no corredor do ônibus e no do consultório médico, por todos os resvalos, por todos os produtos de limpeza felizmente voláteis, que espalham seu aroma pelo ar carregado da rotina. Nós dois, nós três, nós dez sabemos que os quandos são alguns dos que nos arrancam das poltronas, das salas climatizadas, dos estabelecimentos comerciais fartos, dos armários tão cheios de mantimentos que poderiam alimentar a fome de quem a sente com preocupante frequência, para nos fazer pensar. Refletir.

Procurar livros e poemas, ler biografias, tentar entender melhor alguns processos históricos. Não é? Nem sei de mais nada.

Você odeia os relógios, infiro, as paredes pintadas detalhadamente, os discos que não mais tocam e os que jamais deixaram de tocar. Você vira e me olha. E me puxa, e me... Pergunta se tenho horas.

Rio.

Você esqueceu de desvirar a camiseta, mas perdoo seu desmazelo.

Rio novamente.

Percebo que você é tão ingênuo quanto aqueles filhotes de Beagle que eram utilizados em experimentos científicos (caso que tanto repercutiu nas mídias)...

Que pergunta idiota.

Como se alguém possuísse as horas.

Como se alguém tivesse algum poder sobre elas e sobre sua pressa e sobre seu vagar lento durante determinadas aulas, falas e situações.

Respondo que faltam três para as quatro.

Suspiramos.

Triste é não sentir nada

Às vezes sinto que minhas emoções e sensações tentam me sabotar. Acomodam seus pés e canelas e pernas na minha frente na tentativa de me fazer tropeçar.

Mas eu gosto.

Acho que eu gosto de sentir.

Martha Medeiros escreveu em uma crônica – da qual gosto muito – que o mais triste é não sentir nada.

E, por mais que sentir exija que suportemos uma boa sobrecarga psíquica, eu concordo.

A sensação de vazio é a pior.

É sentir que toda a mobília foi despachada para um depósito. E nadar em metros quadrados e vazios e frios. E não ter cobertores ou um salva-vidas sarado. E não enxergar qualquer possibilidade de cair fora. *E ter medo de cair fora. E ter medo do que tem fora. E ter medo do que tem dentro.*

Nos trancamos e engolimos a chave e erguemos o dedo do meio para a chave e mandamos a chave para a puta que a pariu.

Falhos e burros.

O vazio é o barulho que nos ensurdece, o sistema operacional ultrapassado que não deixamos de usar porque estamos acostumados com ele. A camisa que não vestimos há mais de dois anos, mas que faria falta em meio às outras.

O vazio é o dia que deixou de ser de vez em quando para ser sempre. É o que impede as pessoas de abraçarem o outro, de sentirem o peito do outro, de sentirem o cheiro do outro. É o que rouba das pessoas a vontade de serem pessoas. É o que arranca delas a capacidade de ponderar, de relevar o careca que não ligou o pisca.

E o mais bizarro é que as pessoas não esperam que alguém providencie outra chave (na verdade, elas não sabem se querem outra chave). Esperam alguém que arrombe a porta, arrombe o peito vazio e inerte que lhes toma qualquer chance de serem ativas, de abandonarem o sedentarismo, de quitarem o carro, de conversarem sobre sexo com a filha adolescente sem ameaçá-la.

As pessoas esperam alguém que injete em suas veias dilatadas um pouco de adrenalina.

Alguém que nos arranque de debaixo de nossos cobertores invisíveis, de nossas capas invisíveis, de nossas cascas invisíveis. Alguém que nos resgate do vazio que nos acolhe, que nos dá de comer, que nos despe, que lava nossos cabelos com água morna, que nos conforta. E que nos mata.

Nós. Falhos e burros.

Dificuldade de escrever um texto coeso, coerente, que valha a pena ser lido

O tempo corre com suas pernas curtas, com sua agenda lotada de obrigações, com sua fibrose cística. As praças estão cobertas de folhas mortas que ninguém varre. Por toda a sua extensão caminham os perdidos, soterrados em suas pupilas dormentes, sem enxergar sequer as próprias canelas frívolas. O ar gostoso da tarde invade os livros, que mal conseguem conter a empolgação de suas páginas.

Páginas não lidas, puladas, desprezadas.

A humanidade é o cachorro infeliz que corre atrás do maldito rabo durante grande parte da vida.

Quer perceber o mundo, discorrer acerca dos outros planetas e de suas órbitas e da astrofísica envolvida. Quer opinar sobre as crises econômicas que assolam as, outrora, grandes potências mundiais. Quer salvar as meninas sequestradas, acabar com o nepotismo e com a distribuição, hoje totalmente incontida, de narcóticos e assemelhados. Quer denunciar um vizinho, mas não o faz. Quer coisas que estão tão longe e não remenda as próprias meias.

Se resume a se resumir.

A movimentar-se descrevendo trajetórias eternamente circulares. Enfia em seus próprios membros objetos tão afiados quanto a língua das fofoqueiras. Cauteriza o que resta. Pisa nas folhas, nas cabeças, nos esparadrapos e, na verdade, quase nada sente a não ser uma ou outra contração muscular. Às vezes, raramente, lembra. Não se importa se o café está frio, e menos ainda se moscas, há muito apodrecidas, dançam em sua tinta desbotada: há café.

Quer descobrir reservas petrolíferas e foder com o resto, porque energia, meu caro, é energia. E as espécies marinhas afetadas diretamente pelo vazamento de óleo no golfo do México, por exemplo, estavam no lugar errado, na hora errada. E as crianças imundas, com aglomerados de muco nasal-poético escorrendo de seus narizes, devem aceitar seus destinos. Devem continuar ajudando a família a não morrer de fome. Devem caminhar pelas estradas esburacadas, com o olhar desconexo, com os dedos e tímpanos frágeis, à procura do pedaço de pão que rejeitamos, porque não gostamos de doce de leite com manteiga.

E os vazios ambulantes, que não ouvem, não verbalizam, não colocam-o-seu-na-reta, continuam convictos de que está tudo certo.

Vamos suar as roupas durante todo o mês.

Enfrentar multidões. Esperar na fila, em pé por oito horas, para agendar uma consulta médica. Há uma criança confortavelmente acomodada em nossos braços.

Nos braços de seus familiares. Nos braços de cada desgraçado que não faz jus à vida. Ela está sofrendo de insuficiência respiratória e de infecção estomacal em estágio avançado porque ingeriu um pedaço de pão, com doce de leite e manteiga, estragado. Porque seu estômago faminto contorcia-se, extirpava-se, não poupava insultos e soluços. E a dona de casa de ombros exaustos deve ser forte o bastante para suportar as perdas, sem entrar na injustiça e reivindicar o que é seu por direito e que não é porque convém a alguém.

As pessoas não lembram nem que têm canelas. Não atinam que acabarão secas e despedaçadas, como as folhas que enfeitam o chão das praças. E se encaminham para os postos de venda de ingressos para os jogos, os tão esperados jogos de mais uma festa da ilusão.

Está tudo bem.

Enxugue os olhos da menina.

Pinte os muros da instituição. Limpe o sangue seco e concentrado em torno da facada, dada porque o menor infrator precisava de um casaco novo. É compreensível.

Aplauda de pé mais uma festa.

Já comprou a camiseta oficial? Pois devia. *Soque sua indignação até sentir pena dela*. Pare o seu dia e ligue a televisão.

Torça.

Por favor.

Façam alguma coisa.

Coisas

Nos assusta a ideia de encontrar um bode machucado, atropelado, gemendo baixo. Às vezes trocamos de canal quando o filme se detém a abordar uma "catástrofe distópica". É. Fechamos os olhos e, de repente, não importa se o boleto venceu. Por três minutos, não importa se vão ser os nossos últimos três minutos: a batida nos faz convulsionar internamente.

A literatura já me salvou.

Salvou alguns dos meus fins de semana. Me fez pensar no bode, me fez querer levá-lo para algum lugar, me fez querer tentar amenizar a dor dele. Me fez ver o mundo, o mundo que cada personagem é, e me fez pensar sobre isso. Li distopias e vi traços característicos desse estilo ao ligar a televisão na hora do noticiário. Imaginei pessoas sem grande parte dos seus membros, com curativos improvisados e com o estômago vibrando e gritando barbaridades. Me comovi com a luta pela sobrevivência, com a escassez de mantimentos, com as mortes, com a necessidade de abandonar coisas às quais nos prendemos conforme adentramos no sistema.

A música já me salvou.

O som se combinou com a minha vontade de gritar e, bem, eu gritei. E fiquei quieta: a letra dizia muito. Cantarolei sem me dar conta de que as pessoas – coitadas – estavam ouvindo. E eu não sei, na maior parte das vezes, os motivos.

Não sei onde o autor vive, em que circunstância o texto foi escrito. Não sei se ele quis dizer o que senti que ele quis dizer. Não me interessa se o livro foi lido por poucas pessoas. Em que momento a letra e o som e toda a magia de uma música começaram a entrar em sintonia? Não sei.

Não importa se talvez não cheguemos a conhecer a Europa, ou se nunca teremos chance de abraçar quem escreveu aquele parágrafo que nos fez pensar por, no mínimo, três semanas. Não importa se desconhecemos os motivos, se sequer sabemos qual é o nome do meio do autor, se não lemos sua obra completa e, muito menos, a edição comentada por um carinha foda em análises textuais. *Não importa se entendemos ou não de arte.* Se temos todos os cds daquela banda, se fomos a alguns shows, se criamos uma página no Facebook com o intuito de homenageá-la. Não importa se temos alguns livros autografados. Não importa se alguém que admiramos passou ou não os olhos pelo que escrevemos.

O que importa é o que sentimos, sabe, ao ler aquela página. O que sentimos quando alguém menciona o nome daquela história. A sensação curiosa, a cantoria tímida e desafinada do recém-contratado.

As subliminaridades, as coisas inexplicáveis, todas as teias que se conversam para fazer com que aquela música (é, essa mesmo) salve o nosso dia.

Sabe por que ninguém entende poesia? Porque a interpretação é sempre pessoal. Sabe por que todo mundo entende poesia? Porque a interpretação é sempre pessoal.

O que entendemos de uma poesia – e de qualquer outra coisa – está ligado ao que vivemos, ao que nos incomoda, ao que nos emociona.

Pode ser que o poeta visasse despertar na gente o literal. O óbvio, o que está bem na frente da nossa cara, o que nos acena, o que nos faz acordar de madrugada para ir no banheiro. Mas talvez ele quisesse despertar na gente aquela sensibilidade. Aquela... que só cada um de nós, com o que vivemos, consegue descrever. Aquela que cada um de nós é capaz de sentir. *Porque sentir – olha que curioso – também é sempre pessoal.*

(Não vou me desculpar explicitamente pela minha redundância.)

(E... Ok... sei que eu não tenho nada a ver com isso... mas... olha... você sabe que o que você procura não está no banheiro.)

Dias

Dias que dormem no pé de nossas camas. Se alojam em lugares inacessíveis, no canto danificado da parede cor de pérola, e a tinta não consegue chegar lá. Formam enormes fendas no calçamento porco e organizam petições, acordos e contratos para nos manterem longe do que queremos acarinhar. Nas praias, fiscalizam cada buraquinho feito pelas conchas e pelos mais diversos objetos vindos das sacolas de supermercado. Nas ruas atabalhoadas, cheias de pessoas cheias de saudade, contas, atrasos, vontades, sapatos encardidos, olheiras gritantes, pressas, medos, inexperiência profissional na área em que atuam, corações mais encardidos que os sapatos e indignações trancadas em armários monitorados, os dias perambulam, determinados, ávidos e pálidos. Seus rostos são mais pálidos do que a palidez. Seus pés sangram, gotas vermelhas escorrem em linha reta, obedientemente. Formam figuras assustadoras quando concentradas. São mortas quando escorrem para as fendas. São nadas ao se diluírem na água do mar e ao correrem, apressadas, pelas paredes cor de pérola. Dias de comida enlatada e fedorenta. De ouvidos machucados, fígados doloridos, palmas das mãos em carne viva. Dias de nuvens que não cessam de chorar, de borboletas com asas descoloridas.

Outono

Dias de pontes em ruínas. Dias em que o ar cheira a limão e a perfume barato. Em que as portas estão trancadas, em que a rede elétrica não funciona. Dias em que corremos pelo espaço, nos chocamos com os astros e cumprimentamos, com apertos de mão, as estrelas. Dias de vagar, devagar, beijar o rosto dos parentes que sempre moraram longe e que nunca gostamos de beijar. De tocar no cabelo e na pele do zelador, que quebrou alguns galhos quando as escadarias não eram uma boa. De encostar o livro, que nos salvou naquele mês, no bombeador de sangue eficiente que nos faz mais nós. De jogar a cabeça para trás e saber que não existe gravidade, e se sentir ignorante e ridículo e voando.

Os dias sentam ao lado do homem bem-vestido, que carrega uma mochila provavelmente pesada, e que tem seus olhos fixos na foto de uma mulher que já foi sua.

Vestem-se de árvores e são derrubados. Viram cadeiras rústicas e roupeiros repletos de coisas não usadas. São mandados para lavanderias, e lá são misturados e esquecidos. E eles não voltam. Jamais. Nem que seja uma pinta na bochecha esquerda, uma sobrancelha arqueada levemente ou um nariz marcado. Alguma coisa, qualquer uma, os difere. São únicos e estão sempre com pressa.

E nossas mãos trêmulas assinam, frequentemente, petições e acordos e contratos.

Corre

De mãos livres, ela corre pelos terrenos sem vida. Pelo campo que o veneno consumiu. Pisa nas folhas há muito caídas e adormecidas.

A tarde cai, assim como as folhas. Ela não tem relógio. Não faz ideia do que ocorre, naquele momento, fora da própria imaginação.

Vislumbrar rostos tristes e crianças famintas e cinco mil novecentos e noventa e nove pessoas apressadas, com suas pastas pretas, com suas rugas, com seus olhos exaustos de serem olhos, estava consumindo-a. Ela bebia veneno conscientemente, todos os dias, com um pão e duas bolachas água e sal. Trocava os sapatos, certificava-se de as portas estarem devidamente fechadas e chaveadas. E depois tirava o carro da garagem e se abandonava na calçada, sem ter pena de se deixar sozinha, à própria sorte. E, durante as nove horas seguintes, ficava com seus pobres olhos colados na tela de um computador inteligente e com sua bunda confortavelmente acomodada em uma poltrona reclinável.

Mas aconteceu.

Nas ruas também sem vida, envenenadas pelos anúncios desesperados e pelos gases estufa que perfumam as roupas de quem as cruza, ela se viu... E algo a impediu de fechar os olhos. Estava jogada na calçada, enrolada em um cobertor sujo, com a cabeça apoiada na porta de um prédio antigo. Pôde ver que segurava nas calejadas mãos um pedaço de banana e duas garrafas vazias. E que choramingava, sem fazer barulhos plenamente audíveis. Cobria o rosto com os cabelos e os cabelos com a coberta imunda. Mas não dispunha de nada que a cobrisse inteiramente. Estava exposta à crueldade humana, às bruscas mudanças climáticas frequentes, a todo e qualquer rato vorazmente faminto e de dentes afiados. Vivia assim.

Ela se viu e um tempinho depois percebeu que nunca vira a própria imagem. Sempre distorcera os próprios traços. *Jamais se enxergara por completo*. Jamais se portara como observadora. Jamais prestara atenção nos movimentos e nos jeitos de outras pessoas. Não sabia nem como ela mesma era fisicamente. Descobriu, finalmente, que vivia com seus pobres olhos colados na frente de um computador mesmo quando estava longe dele. Nas viagens de férias, nas idas a cafés sexta à noite, ao rejeitar o bife acebolado, ao acatar sobremesa e vinho... Ela esperava um telefonema, enviava um e-mail de última hora, preenchia tabelas de contatos, checava as bolsas de valores em alta. Jamais vivia o que estava acontecendo.

Jamais vivia o instante. Encontrava-se, o tempo todo, perdida no labirinto que ela mesma tramara. Encontrava-se, o tempo todo, ofegante, enganada, alienada.

Encontrava-se o tempo todo exposta, mesmo quando acreditava estar segura nos seus esconderijos tão bem escolhidos. Perguntara-se por que ninguém a assassinara nos últimos anos. Não notaria se alguém a seguisse, não reagiria se fosse abordada. Quis correr ao encontro do debilitado e pálido rosto e se ajudar. E foi o que fez.

Ela tropeça e o chão a golpeia amavelmente. Seu braço esquerdo sangra. Todas as células do seu rosto admiram-se com o que sentem: a grama as apalpa. Por que privar-se de sentir o que é tão inerente a nós, humanos de carne, osso, sentimento, preocupação, necessidade de pagar o imposto do carro, dar um jeitinho de evitar os juros, amores esfarrapados como desculpas mal tecidas? Está tudo certo agora.

A água do chuveiro está quente. Os bicos do fogão estão desligados. O carro está guardado. As luzes estão acesas.

Os exames não apontaram problemas no fígado, contrariando suposições alheias.

Com o auxílio prestativo da mão esquerda, ela pega o sabonete. Inunda o banheiro, se enxuga rapidamente.

Ela não se vê, somente. Ela se sente.

Te cuida, te gosto muito

O vento te tocou pra bem longe de mim. Não ouço mais a tua voz, não lembro direito do teu cheiro. Penso que escrever é uma forma de registrar o que ainda lembro sobre a tua pessoa. *Tenho medo de te esquecer.* De, num belo dia, acordar e não pensar em como seria bom te ver chegando animado, me trazendo um baralho pra gente jogar. Um medo tão irracional que me faz chorar. *A saudade já nem bate na porta, já é de casa;* entrou e não tem data prevista pra partir. Mas nem tenho reclamado muito da saudade. Ela é a prova viva de que você passou por aqui. Hoje consigo entender um pouco o que aconteceu. Depois de afundar minha cara em textos sobre religiões distintas que me esclareceram um pouco o suposto porquê de você ter partido, me sinto mais conformada. Apesar de tudo, não tenho mais a ilusão de te trazer de volta. A utopia sem noção de te trazer pra cá, pra junto de mim. Sei que não te verei mais, nadando ou cantarolando músicas toscas pra me irritar. Talvez nunca mais. Nem a tua sombra ou um pedaço do teu rosto. E não tenho sequer uma foto contigo, como queria ter. Como eu queria voltar 3 casinhas e consertar as coisas!

Entendo que todo mundo parte um dia, pra algum lugar chamado não sei onde, mas quando alguém se vai, *entender é a mais sábia tarefa que nos é designada.*

Aceitar a dor, aceitar que algo sempre estará errado.

Quando eu me formar, você não estará na plateia, aplaudindo, gritando meu nome. Quando eu tiver filhos, você não os pegará no colo nem me ajudará a fazer uma mamadeira de leite com mucilon. Isso me dói a cada dia que passa. Pensar que te ver não está ao meu alcance, talvez nem ao alcance de ninguém. Não há dinheiro capaz de te trazer de volta, não há macumba, vidente, pai de santo. Você não vai voltar. E não deu tempo de você me ensinar a música aquela que você cantarolava pra me irritar, misturando um milhão de sobrenomes desconhecidos pra acrescentar no final, num sopro leve e debochado: Sthefany Lacerda, que arrastou o pé na merda!

Você faz uma falta enorme. Nunca quero te esquecer, mas repudio a ideia de ser consumida por essa agonia permanente de nunca mais te olhar nos olhos. De nunca mais poder tocar teu rosto. De nunca mais tirar sarro do teu bigode mal-aparado e dos teus bolos malfeitos. Meu padeiro preferido por toda a eternidade. Espero te encontrar aí em cima, um dia, pra gente matar essa saudade. *Te cuida. De onde estiver, nunca esquece que eu te amo.*

A definição de segundo

Estou percebendo.

Estou enxergando.

(Os velhinhos provavelmente estão lendo seus jornais na frente da casa, e algumas pessoas estão se espremendo para caber na carona, e alguém está aproveitando os dias de Sky grátis.) Estou inspirando e expirando o silêncio e tropeçando mentalmente nas minhas roupas e lendo distopias previsíveis e chorando sozinha em praticamente qualquer banheiro.

E... Estou na aula.

Estou pensando no governo, no Estado Islâmico, na pessoa pela qual sinto coisas que desisti de tentar compreender, na distopia previsível que estou lendo, nas respostas-padrão que adotei para as perguntas referentes ao meu estado emocional, no laboratório de química, em como esterilizar materiais, em como criar meios de cultura sem contaminar o Erlenmeyer, se o verbo "criar" faz sentido nesse contexto, na ânsia que me faz tossir, no livro que ainda não chegou, na saudade e em qualquer outra aleatoriedade, quando o meu ouvido detecta algo interessante: o professor explica que um segundo são

"9192631770 períodos da radiação correspondente à transição entre os dois níveis hiperfinos do estado fundamental dos átomos de Césio".

E a aula acaba depois de mais ou menos duas horas. E o meu cérebro está obcecado por essa informação. E eu sequer tenho a pretensão de interpretá--la devidamente. E apesar disso sinto que, no fundo de umas das lixeiras que carrego, um pedaço de papel rasgado se rasgou mais um pouco.

Engulo aquele gosto de nada que se instala na gente, geralmente quando estamos no meio de um exercício de matemática sobre um conteúdo novo. Naqueles segundos desesperadores nos quais não sabemos o que fazer com o que sabemos.

A aula foi boa. Sólidos dissolvidos são os responsáveis pela coloração da água. Populações foram dizimadas. Os compartimentos ambientais precisam conviver harmonicamente. Existe uma incerteza atual de reprodução de dez elevado na menos onze metros no sistema de medidas. A nossa cultura ocidental é direta ou indiretamente influenciada pelas ideias de determinados povos antigos, apesar de nem sempre darmos importância a eles, e de raramente percebermos as conexões bizarras que existem entre coisas que consideramos totalmente distintas.

Mas essa do segundo.

(Nunca vou entender como as pessoas descobrem essas coisas. Nunca vou entender como as

pessoas são cruéis a ponto de dizimar populações e de despejar efluentes industriais no mar sem se importarem com quem vive nele.)

Respiro. Fungo.

Fungo. Microrganismos, meio de cultura, béquer, jaleco, e eu.

Ok.

Não quero falar sobre isso.

Inverno

"The sinking man", Of monsters and men

"1904", The tallest man on earth

"Work song", Hozier

"Grazed knees", Snow Patrol

"Winter", Joshua Radin

Chiados

Fiquei olhando para a televisão desligada. Ouvi muitos chiados e não sabia exatamente de onde estavam vindo.

Me enrolei no edredom.

Eu estava soluçando.

Os chiados vinham de mim.

Depois de uns minutos, não consegui me segurar. Caí e nada amorteceu a minha queda. E gritei tão alto que acordei todos os bebês do mundo. E cachorros latiam ininterruptamente, incomodados com o meu escândalo [...].

E ainda assim, eu só chiava.

E lá fora tudo ocorria naturalmente. Pessoas disputavam assentos no transporte público, evitando ao máximo qualquer contato físico com a multidão que as cercava.

Adolescentes faziam os temas, tweetavam, beijavam na boca, fugiam de casa, escreviam textos. Os pais desses adolescentes chegavam do trabalho. Gente dirigia impunemente, temendo o bafômetro. Bandas desconhecidas tocavam em bares igualmente desconhecidos, localizados em estradas nas quais ninguém para. *Poetas teciam sentimentos. Relações se acabavam, enquanto outras se estabeleciam.* Pais e mães estavam ansiosos para chegar em casa e abraçar os filhos, colocá-los para dormir, enrolá-los nos cobertores com estampas de heróis e personagens da Disney.

Uma senhora batia ovos enquanto o marido jogava sinuca com os amigos fedidos no bar da rua de trás. E ela pensava no quanto odeia a própria vida. As listas, a cera líquida, o cheiro de mofo, as paredes cada vez mais frágeis e, a cada chuva, mais infiltradas.

E eu percebia que a televisão estivera ligada durante todo o tempo.

Pontuar

Nossa, não sei como começar.

Não vou me cobrar nexo e coesão, só vou... Vomitar aqui.

De novo.

Esses vômitos frequentes estão me preocupando.

As vezes em que nos vemos e o que sinto, o que meu corpo sente, o que você me provoca, estão me preocupando... É sério. *É bizarro.*

Sei disso mais do que qualquer pessoa, um dia, possa cogitar saber. Por mais que eu esteja indo na psicóloga agora, por mais que eu comece a participar de discussões sobre o quanto ser adolescente é complicado, sobre como tornar a vida mais leve e menos ofegante... Só eu, e em quase a totalidade das situações, nem eu sei como me sinto. E se me sinto, porque, *às vezes, perco o contato comigo por, sei lá, duas semanas.* E não me vejo. Cruzo comigo e não me esbarro. Sei que estou ali e sei que estou navegando pelo Mar Morto e sei que estou dentro de um avião, cedido pela realeza britânica, a caminho do Iraque. Toco meu braço e nenhum impulso é enviado para o meu cérebro. Pode ser que eu não seja munida de sanidade mental em nível recomendado... Mas isso não me preocupa.

As provas me preocupam, os exames médicos me preocupam, os teus olhos me preocupam. Mas, ao mesmo tempo, *é tão gostoso te ver* – independentemente de te ver por inteiro ou de ver somente a barra da tua bermuda.

Qualquer pedaço teu, por ser teu, me faz ter vontade de congelar as horas. E de me certificar que elas não derretam tão cedo. Ok. A parte ruim é que dói. Dói querer congelar as horas por causa dos teus olhos escuros. Por causa das nossas discussões sobre gramática, sobre dramas existenciais, sobre idosos que são maltratados no transporte público, por causa de uma saída sábado à tarde [...]. Dói porque você parece distante, com a cabeça vagando em uma estação ferroviária abandonada. Porque você parece não querer congelar as horas e porque você também parece querer congelá-las, o que cria uma dúvida da porra na minha cabeça exausta. *Dói porque sentir machuca,* dilacera, arranca a gente de debaixo dos cobertores e nos deixa, e nos desfalece, e nos suga, e nos abandona em uma rua há muito abandonada, enquanto chove e venta. Enquanto todos estão debaixo dos cobertores. Dói porque as palavras brigam com nossa língua, porque nossa língua pede férias, porque os mosquitos desejam nosso sangue. Dói por qualquer razão e até por não existir razão ou por a razão ter dado um tempo.

Inverno

    E por ela se encontrar em uma expedição curiosa em uma viagem não pensada em um riso engolido em um copo vazio em uma frase inacabada em uma equação ignorada em um cobertor que não aquece em uma folha em branco em um sol quente de verão em um som que ninguém *desliga em uma tentativa em uma livraria com poucos livros em uma rua frequentada por pouca gente em uma lixeira transbordante em um amor não vivido em um trecho sem vírgulas* mal pontuado

    que

não   sabe
como

                    acabar.

Reações

Ela comentava que um homem acabara de perder seu pai. E que quando o tal homem chegou do enterro ligou o rádio.

Cada um reage de uma forma – pensei.

Mentira

É mentira.

Agora eu percebo que foi uma mentira para todas as pessoas que existiram e para todas as pessoas que ainda não existem.

Uma mentira tão esperta que nos mastiga e nos engole sem nos darmos conta. Uma mentira que se veste com a verdade, que puxa o zíper e que picha os muros das ruas depreciadas pelo excesso de ganância.

Uma mentira tão real que frequenta cafés chiques e restaurantes de bairros nobres. Paga o ticket do shopping.

Anda nua pela casa e se orgulha dos próprios traços e se perde na própria complexidade e se enxuga enquanto se molha com as próprias lágrimas. *Cheira a chuva,* fede a loção capilar barata e não se despede. Uma mentira tão bem tramada, tão bem-amada, tão questionada. Uma mentira na qual todos queremos acreditar. Uma mentira que provoca o instinto suicida de nossos neurônios. Uma mentira que nos faz mergulhar de olhos abertos tendo plena consciência da ardência que não permitirá que descansemos mais tarde. *Uma mentira tão insípida* e imperceptível. Uma mentira como qualquer outra. Tem passaporte, visto de permanência, mas não fica. Metamórfica, inconstante, imprevisível. Beija. Mexe com a gente. Uma mentira catastrófica, bomba de gás em manifestação pacífica. Uma mentira tão audível quanto a verdade no olhar de quem ama. Uma mentira tão antissocial, tão janelas fechadas e acenos distantes. Uma mentira que já cruzou comigo, contigo, com a tua mãe e com a minha. Uma mentira temida e terrivelmente linda.

Uma mentira que às vezes é verdade e ninguém acredita.

Uma mentira que às vezes é mentira.

Consideração válida

Disseram que eu não sou louca. Mexeram em todas as minhas gavetas, arrancaram meus livros das prateleiras, checaram a sola dos meus sapatos. Eles pensam que sabem. Nós pensamos que sabemos. Eu penso que sei.

Deixo o resto das conjugações por sua conta.

Visto meu melhor casaco porque os dias têm sido frios e longos. Deixo a sombra preta escorrer pela minha bochecha. Assim eu os afasto. E, especialmente hoje, eu não poderia querer outra coisa senão afastá-los.

Organizei minhas lembranças, por ordem alfabética, em caixas de papelão. Lacrei-as com fita crepe. Abracei-as e, quando o fiz, não chorei e não morri e não fiquei doente a ponto de restringir meus dias a repouso absoluto.

A merda toda aconteceu depois.

Começou quando a primeira gota despencou, em queda livre, de um dos meus olhos.

Caiu morta no chão do banheiro.

Me enrolei em uma toalha e fui. O balcão da cozinha transbordava papéis e cascas de banana. E eu rasguei as correspondências, até porque não pretendo pagar nada neste mês. Beijei minhas próprias mãos porque não tenho outras mãos as quais beijar. Permiti que o sol se acomodasse na minha cama. Deixei-o cochilar. Expulsei-o. Gravei uns cds. Encontrei tickets e ingressos de cinema escondidos dentro de uma maleta de esmaltes e não me lembro de tê-los escondido e não me lembro de ter uma maleta de esmaltes. Masquei chiclete de menta, coloquei algodão no meu ouvido direito assim que ele me informou estar sentindo dor. Não liguei para ninguém porque ouvir a voz das pessoas estimula uma parte de mim a querer ir embora. E eu não tenho habilitação, e eu não tenho coragem de abandonar tudo. *E ter um carro é um desejo tão distante de mim quanto o de acarinhar as estrelas de Andrômeda.*

Mas eles disseram que eu não sou louca.

E depois de estar devidamente vestida e pronta e segura sem estar segura e sem estar pronta e sem estar devidamente vestida, eu saí. *Sentei-me, sozinha com minhas angústias. Fiquei vendo a vida passar por mim.*

Dei pause na reprodução das minhas músicas porque não aguento mais ouvir as mesmas músicas. O ônibus estava cheio de pessoas sozinhas com suas angústias. Me vi mais imperceptível do que os furinhos que as injeções deixam. E sou imperceptível. Mas sempre há uma conexão entre nós e o mundo. Por mais que estejamos no fundo do poço. Por mais que estejamos sozinhos na beira de uma estrada deserta, às três da manhã. Por mais que estejamos à parte, existindo entre beijos intercalados com frases inteiras regurgitadas, engolidas, machucadas, abafadas. Dormentes. Sempre há alguma coisa que nos liga ao universo. E, naquele instante, em meio às vozes dissonantes que se misturavam, que dançavam e colidiam umas com as outras, eu ouvi.

Um velho tentava puxar um papo bacana, se atrapalhava com as próprias considerações. Informava onde está morando a alguém que, claramente, não tinha interesse algum em saber. E dizia que os insetos mais perigosos que existem são os humanos. E parecia muito convicto, sabe, sobre os insetos.

Encarei as ruas mais uma vez. Senti o caos que se instaurou com as mudanças no trânsito. Andei e andei e andei.

Os bancos de praça estavam todos depredados. Os balanços pendiam de seus suportes. As crianças não sorriam. O vendedor de algodão-doce desistia e pretendia ir para casa. Garotas se convenciam de que são maduras o suficiente para alugar um apartamento, comprar comida enlatada, pagar a lavanderia e consertar os saltos, os degraus e, talvez, os porta-retratos lançados habilmente contra uma parede que não tinha nada a ver com a história. *As livrarias estavam cheias de gente, bebendo seus cafés – já fotografados e postados em algum veículo social, antes mesmo de serem provados.* A escassez de horas de descanso estava evidente. Dormir mais de cinco horas, visivelmente, era o sonho de qualquer universitário. Desisto e vou para casa.

Disseram que não sou louca. Disseram que as pessoas estavam seguras. Disseram que ninguém sentiria fome. Disseram que o terrorismo estava contido. Disseram que amam.

O velho tem razão.

Momentaneamente livres

Não têm ideia do quanto o ser humano pode ser cruel.

    Que o mundo grita, desesperadamente, pedidos de socorro que são abafados por muita gente. Não assistem noticiários que relatam competente e friamente mortes e catástrofes de todos os segmentos imagináveis. Não sofrem com amores que na verdade nunca chegaram a ser amores, e muito menos se importam com o que vestir. Agradar a maioria das pessoas é desnecessário. Mas que pessoas? Os familiares? Bem, nessa fase são os seres mais próximos com os quais é possível se deparar, pelo menos geralmente. Não ligam se vão causar boa impressão. Não visam promoções no trabalho. Não cochilam no ônibus porque o dia foi corrido. Não se preocupam porque o dinheiro anda curto. Não lamentam ter escolhido os números errados em alguma rifa ou afim. Não sabem quando estão lidando com alguém cujas intenções são questionáveis. Reportagens sobre tartarugas encontradas mortas por terem ingerido sacolas plásticas e demais porcarias que são produzidas exorbitantemente pelo homem não passam pelos seus olhos. Não é preciso lavar os próprios sapatos e sorrir para manter aparências.

Não suportam casamentos por causa de cartões de crédito. O que são cartões de crédito, mãe?

Crianças são seres puros. Felizes. Livres para serem aquilo que são. Nós fomos assim. Livres. Nada era capaz de deter nossa imaginação. Nenhum soluço em meio ao choro precisava ser escondido por um travesseiro. Não havia dívidas, obrigações e a necessidade de aturar reuniões de negócios e papos que pouco interessam até a quem mais se interessa.

"Pouco tempo atrás poderíamos mudar o mundo".

E em seguida Renato Russo perguntava: "Quem roubou nossa coragem?". Já me perguntei por que deixamos que ela fosse roubada e também se somos os responsáveis por isso. Sei que o mundo nos cobra, nos impõe. Sei que a sociedade nos limita.

Nos poda.

Corta nossas asas, apara-as.

Mas não devíamos nos submeter, viver abaixo de subordinação. Trabalhando para enriquecer corruptos, para ter o celular roubado por um marginal, para pagar o carro mais caro da loja, porque manter o status é mais importante do que quitar a hipoteca. Não devíamos deixar os sonhos de criança atingirem o chão feito bolhas de sabão em ambientes fechados. Não, não e não. Não devíamos permitir que os astronautas e bailarinas e escritores e médicos e hidroterapeutas fossem escondidos em caixas de papelão lacradas com durex.

Não devíamos perder a pureza e não estou me referindo a sermos ingênuos e lesados. Estou me referindo a projetarmos sem impormos a nós mesmos um bando de percalços. A sermos sinceros, a verbalizar o que nos incomoda. A corrermos até as pernas desistirem, sem medo ou vergonha de sermos vistos.

Estou me referindo a viver, no sentido mais amplo da palavra.

P.S.: *Fui motivada a escrever isso por um sorriso. Sincero. Doce. Até dentinhos, apesar de meio tímidos, apareceram.*

A ânsia é mais insuportável do que o gosto que fica na boca

Você espera.

Nas filas, nas portas, nas salas de espera, na ida para casa, na viagem, na chamada telefônica, no manuscrito surrado, no aperto de mão, no abraço, no bater de braços, no chacoalhar das suas tripas exaustas.

Espera ouvir coisas. Dizer coisas. Espera calar a boca e os ouvidos. E não ouvir coisas. E não dizer coisas.

Espera o dia seguinte, a próxima sessão, o próximo anúncio, o próximo táxi.

Espera. Pacientemente.

Espera que alguém cubra os buracos – ou que pelo menos sinalize que eles existem. Espera aproveitar pelo menos cinco minutos, porque, porra, o dia tem 24 horas. Espera um desconto, um sincericídio, uma foto. Se senta naquelas cadeiras duras e de plástico – aquelas que incomodam a bunda – e espera. Folheia as páginas policiais, ergue os olhos para o noticiário catastrófico.

Compra uma planta – na tentativa de mostrar aos outros que se comprometer em aguar diariamente uma coisa é estar amadurecendo.

Mas os outros não veem você se cobrindo com o tapete da sala depois do jantar. Agarrada às próprias angústias – como uma mãe que agarra seu filho pelo braço e que tenta, em vão, impedi-lo de roubar mais um par de tênis do varal do vizinho. Os outros nunca olharam para a sua cara. Nunca viram você esperar. Ou arrancar as tripas exaustas, sacudi-las e colocá-las de volta. Eles veem você na hora do almoço e no transporte público e nas redes sociais. E pensam que você convive amigavelmente com as angústias e tripas e pedaços faltando.

Mas eles se enganam.

Enquanto pensam que você cruzou o corredor sem olhar para ninguém só porque estava com pressa, você dá meia-volta e procura o banheiro. Puxa a tampa do vaso. Força as suas células a confiarem em você. E se dirige, dando passos tímidos, ao infinito. E força. E espera. E enfia uma *maldita colher na goela* – tão exausta quanto as suas tripas.

E não sai nada. E você se prepara e nada. Nada. Nada.

E as suas ruas ficam cada vez mais congestionadas.

E as pessoas buzinam e xingam e descem de seus carros.

E encaram você e sorriem e cochicham e oferecem carona e buzinam e tossem e tudo fica surpreendentemente calmo e vazio e vazio e vazio.

E nada.

Não sai nada além de nada.

Impreenchíveis

Percebi, depois de muito observar as criaturas humanas, que temos, numa ou em mais partes daquilo que somos, algo que nunca poderá ser preenchido. E que a gente vive buscando qualquer coisa que ocupe a prateleira, que esteja disposta a passar os dias fazendo companhia à nossa imensa lacuna impreenchível e escondida competentemente pelo que alguns chamam de sanidade mental. Nós vivemos cobertos de jornais amassados e de promessas abandonadas no primeiro abrigo que o caminho teve a gentileza de reservar.

Vivemos como máquinas que funcionam a partir de comandos dados eletronicamente. Vivemos com pouco tempo e em pouco tempo, o que é mais do que um problema: é uma catástrofe.

Temos um medo absurdo de romper os paradigmas que o universo insiste em empurrar por debaixo de nossas portas. E uma vontade mais absurda ainda de chutar as portas até a estrutura delas virar poeira. Mas nunca o fazemos, porque ler as regras e condições, que somos obrigados a engolir sem recusa, é um hábito tão inerente à nossa espécie quanto o de ir ao banheiro.

E seguimos acompanhando a programação matinal. E bebendo leite integral, e indo ao médico fazer checape para assegurar mais uns meses de permanência neste mundo.

Ser leoa e leãozinho

Esperar o ônibus, de pé, por um tempo considerável, com a mochila pesando no ombro direito, com *o coração pesando mais que a mochila,* tendo na frente dos olhos um soco inglês manuseado amavelmente pelo sono, depois de passar por momentos constrangedores, de ouvir algumas vozes, de ter tentado descobrir novas formas de teletransportar-se para qualquer lugar muito distante, como a Holanda, ou o colo da minha mãe. Minha mãe tem o poder de salvar a minha vida.

Quando eu finalmente subi naquela lata de sardinha gigante, senti que o momento constrangedor não saía de mim, apesar de eu ter saído dele. E eu me locomovi coordenadamente até um banco, enquanto meu corpo era golpeado pelos buracos da rua. No caminho, uma guria sentou ao meu lado e eu tentei me esquivar o máximo possível. Não queria estar ali. Hora de descer.

Levantei-me e joguei a mochila para o meu ombro, agora menos cansado de existir. Meus fones deram selinhos apaixonados no chão e, finalmente, estava fora do ônibus.

Mais alguns passos e estava em casa. Cumprimentei minha mãe e fui para o meu quarto. Mas aí, quando eu finalmente cheguei no meu quarto, senti que o momento constrangedor havia me acompanhado durante todo o longo e desagradável percurso. E eu me senti tão triste e sozinha que quis desmaiar. Não queria estar ali. Estar ali, sabe, sendo eu. *Me olhei no espelho e me encarei como quem encara alguém que conhece bem demais.* Como quem encara alguém que viu uma ou duas vezes no metrô. Como quem encara o namorado depois de uma briga. Me indaguei o porquê de ser como eu sou. E o porquê de não conseguir ser outra pessoa.

Eu não me dei resposta alguma, apenas me dei uma pergunta: o que tem de errado comigo? Fiquei repetindo para mim mesma. Repetindo, repetindo, repetindo. Soou como uma música que se torna chata à medida que apertamos o *play*. Descobri que o ser humano passa por fases patéticas até atingir a autossuficiência – se é que ela existe mesmo. E que estar sozinha é diferente de sentir-se sozinha. Mas principalmente que a solidão é sublime e amarga.

Me senti como um leãozinho que fez coisa errada, que treme de medo, interna e externamente, de encarar a mamãe leoa. E eu vi que ao mesmo tempo sou a leoa e o leãozinho.

A leoa brigona, que luta, que protege os filhos, que enfrenta o que surgir pelo caminho, que se abraça quando a aflição ameaça querer manifestar-se. A leoa que caça, que estraçalha, que corre por aí, mesmo sabendo que talvez não chegue ao lugar desejado. A leoa que passa a perna na fome de amor, de carinho e de tantas outras coisas em falta no mercado. Que ouve Chico e que o aprecia, que pouco se interessa por dança e por moda.

    E o leãozinho, que morre de medo de qualquer coisa que fuja do seu controle (como dos tapas que leva da mãe quando apronta algo). Que chora quando tenta se explicar para si mesmo, na frente de um espelho maior que o seu cobertor. Que corre por aí sem saber discernir com pleno êxito o que é o que. O leãozinho que grita sua fome quando os outros já cobriram os ouvidos. E que dorme faminto, porque não quer incomodar a mãe com mais um porém. Que repousa suas mãos no estômago, e que ergue a voz quando os roncos da barriga ameaçam alcançar os ouvidos dos outros. O leãozinho não quer que saibam. A leoa quer estar no comando. O leãozinho quer se enfiar nos edredons, puxar a cortina e afundar sua carinha em qualquer coisa que apresente a possibilidade de abrigar uma carinha. A leoa não precisa dos espelhos, dos folhetins, das revistas eletrônicas que abordam as tendências da próxima estação, dos comerciais que julgam liquidações como imperdíveis. O leãozinho quer estar bem informado sobre os mais variados assuntos, sobre as promoções, sobre as liquidações tão imperdíveis quanto a carne assada que a leoa disse que faria.

Eu sou algo esquisito. *Em mim vive uma leoa e um leãozinho*. Aqui dentro. Ambos falam alto quando realmente querem ser ouvidos. Sussurram quando o papo deve ser sussurrado. Fazem bagunça. Eu vivo bagunçada.

Eu vivo tratando de animais selvagens, cuidando dos menos favorecidos da cadeia alimentar e dando de comer a todos eles.

Às vezes eu não quero estar aqui. E eu desmaio mentalmente enquanto espero o ônibus me *levar para casa, ou enquanto realizo as mais triviais atividades.*

Mas eu volto, minha respiração se acalma, me pego no colo e me carrego até sentir que posso andar sozinha. Eu volto, assim como a dor no ombro direito, assim como os socos que o sono dá em mim.

Hoje a gente chorou na rodoviária. Duas almas choraram.

Que lugar gelado. Eu senti frio nas pernas, frio na alma, porque tive a brilhante ideia de colocar meia-calça quando os programas de televisão faziam questão de ressaltar, fervorosos, congelados: "Três graus na capital. Se encasaquem, gaúchos."

No início foi por isso que minha alma quis fechar os olhos e se enroscar em um cobertor qualquer. Bem, você deve bem saber que almas com frio não param quietas.

Agora imagine almas que não param quietas nem quando a temperatura está agradável: a minha é uma delas. A minha quis se mandar daquela rodoviária fria. Mas precisaria da ajuda das minhas pernas, que não estavam dispostas a levá-la muito longe. Daí eu tive uma ideia bem mais bacana: olhar para o lado. E algo mais bacana ainda aconteceu: os olhos de quem sentara perto de mim começaram a brilhar demais. Desconfiei. Eu costumo distinguir quando olhos brilham por felicidade em demasia ou quando brilham por tristeza em demasia. Quando brilham por promoção no trabalho, pela troca do carro, pelo presente que demora nove meses para chegar.

Queria muito que aqueles olhos estivessem brilhando por qualquer um desses motivos. Mas não. Brilhavam por algo mais próximo da tristeza do que da felicidade. E eu sabia por que brilhavam: por saudade, por impotência. Saudade de quem chegou e foi embora, de fininho, pela porta dos fundos. Por sentir saudade de quem, como diria João Cabral, "saltou fora da ponte da vida", mas com um detalhe que tornou essa pessoa especial: ela não teve escolha. Na verdade, muitos não têm escolha. Quase todos. Eu pretendo não ter.

Ela não conheceu a ponte, ela não se conheceu. Ninguém sabe se ela gostaria de ter seguido viagem, ou se ela enjoou no caminho e decidiu que seguir a faria mal. É que bebês demoram para falar, para decidir se a banana e a maçã combinam, para decidir qual brinquedo dar de presente à própria boca. Ela não teve tempo de dizer mamãe, nem de aprender a dar os primeiros passos, as primeiras garfadas na comida, os primeiros beijos em bochechas diversas.

Eu pensei nessas coisas todas. Eu não tenho facilidade em evitar pensamentos e interrogações e revoltas. Senti um frio estranho. Na espinha, nas pernas (agora mais geladas ainda), nos braços, no peito. Sobretudo no meu peito exausto e feliz, que consegue transbordar alegria e a principal oponente desta. Percebi que os olhos da minha alma brilhavam.

Adivinhe.

Sobre a dor, sobre as pessoas que enxergam cobertores invisíveis na cabeça de outras pessoas, sobre outras coisas. Tantas.

Enquanto canto, balançando os pés porque a timidez me impede de levantar e sacudir o corpo inteiro, penso no que me diz a letra.

Renato Russo tem toda a razão: toda dor vem do desejo de não sentirmos dor.

É verdade.

Tudo começa quando pensamos no quão chato seria cair da escada ao visitar um imóvel que pretendemos comprar. A gente inventa a dor, porque somos neuróticos demais para aceitar a felicidade sem questioná-la. A gente fantasia a dor, pinta ela com batom vermelho. Transforma em estrela, em imposto de renda, em negócio falho. A gente domestica a dor, dá a ela coisas boas para comer. O queijo mais caro e cheiroso e feito com o leite da vaca mais espetacular da região, vai para… A dor. Permitimos que ela ocupe o maior espaço na cama. Dormimos na pontinha, caindo cerca de 45 vezes durante a madrugada.

Passamos a depender da dor. Ela troca o pneu do carro quando encontramos um prego. Ela coloca os ovos para cozinhar, sova o pão e conserta chinelos recém-comprados, que já deram os doces.

A dor é mórbida e gelada, a dor é cobertor grosso e pés destapados. *A gente não dá conta da dor*. A gente deixa rolar e segue em frente, em trás, em lados distintos.

Cobrimos a cabeça com o cobertor, sentimos o frio aproximar-se. Às vezes, aparecem pessoas capazes de enxergar o cobertor, que aos poucos vai atrapalhando a nossa respiração. Uma cobra feita de pano enrosca-se nas nossas têmporas. É confortável, é um pouco confortável. Quem perde é a respiração. Quem perde é a nossa própria vida. A cabeça tá quentinha. A convivência com a coberta é normal. A convivência com a dor é normal. É como criar um hamster, como abrigar uma pessoa no quarto de hóspedes, como ouvir a porta bater e se deparar com uma trouxa de roupas. Em seguida, descobrir que centenas de pulgas habitam as tais roupas.

O milagre vira carma. As pulgas passam a morar em nós.

Somos tão loucos que, às vezes, temos vergonha de nos coçar.

E as pessoas que enxergam os cobertores cobrindo as cabeças alheias são poucas. Poucas, poucas, poucas.

Muitas das que existem estão em casa, achando-se inúteis, costurando meias, bordando toalhas de banho, lendo livros, devorando fast food, não se agradando com a imagem que o espelho reflete. Elas nem suspeitam do quanto são especiais.

    Lamentável.

Estômago de cabra

Me apaixonei por ele.

E não foi legal, e não foi bonito, e não foi romance estrangeiro, e não foi carta endereçada a uma pasta que transborda cartas que nunca serão enviadas.

Não.

Foi nada.

Chamada a cobrar. Bip.

Um resto de comida desprezado pela criança *viciada em balas de goma*. O cesto de roupa suja que a universitária ignora todas as manhãs. Um resquício de dor que paira sobre uma *cicatriz antiga*. Foi o mal-estar depois de beber um copo d'água vorazmente. Foi um vendedor filho da puta que nunca enviou minhas encomendas. Foi a loucura que adentrou nos meus tecidos epiteliais e nas minhas vísceras profundamente debilitadas.

Foi quando ele começou a citar autores cujas existências são mais desconhecidas para a maioria das pessoas quanto a possibilidade de faltar ao trabalho em uma quarta-feira para ir à praia.

Ou talvez tenha sido quando meus olhos resolveram encarar aquela boca com mais paciência.

Eu, que não tenho paciência nem para amarrar meus tênis, estava analisando, inocentemente, os filamentos, as tonalidades, os detalhes, as marquinhas, e comecei a pensar no quanto o clima, a vida e a falta de protetor labial danificam os lábios de nós, pessoas.

E no quanto isso é bonito.

No quanto os traços muitas vezes indesejados guardam os detalhes mais singulares de uma coisa que se convencionou chamar de pessoa. No quanto a gente se limita quando pensa que relacionar-se com pessoas diferentes é complicado demais para valer a pena.

Se eu curto literatura, rock, mpb e se eu gosto de sorvete de leite condensado, o cara tem que ter lido pelo menos uma obra do Drummond e tem que gostar de Chico.

Se eu curto pagode, o roqueiro está descartado.

Se eu não sou muito de música, mas adoro desenhar, o cara tem que entender de arte.

Não. Com certeza não.

Ele me ensinou isso.

Ele me ensinou que os sentimentos – os que vêm da alma – envolvidos em qualquer uma das nossas relações não se baseiam só em convicções preestabelecidas, em desejos trouxas dos quais amanhã já teremos esquecido, em análises estritamente racionais.

Foi uma paixão improvável, mas não tão improvável quanto a sua concretização. Isso é engraçado.

Você convida as pessoas para jantar e não faz questão de esvaziar a pia: você não liga. Você não prepara pratos típicos de culturas exóticas, nem põe a mesa, nem cata as meias e demais bagulhos do meio da casa.

Não faz diferença.

Eu me sentia assim.

Eu queria fazer alguma coisa. Eu queria me organizar. Eu queria que ele soubesse que os seus lábios danificados são bonitos. E aí eu sabia. Desde o momento em que a voz dele começou a me soar diferente, eu sabia que eu jamais teria que dar um jeito no cesto de roupas, ou assistir a tutoriais que ensinam a preparar estômago de cabra. Pelo menos não por ele. Não naquele momento. Não naquele mês. Não.

E o que mais me entristece nesse momento não é a chuva, a distância, o trabalho que tenho que apresentar amanhã, as crianças famintas, a madrugada que oferece o ombro para a minha insônia, os barulhos que meus órgãos fazem quando se sentem ameaçados, os lábios perfeitamente danificados que eu sei que riem, se movem, se zangam e se calam, ainda que eu não os veja mais.

O meu maior problema é que estou sem música.

Ou talvez eu prefira acreditar que esse é o problema (porque faltam alguns minutos para a uma hora da manhã e eu preciso dormir e viver e cumprimentar o motorista do ônibus com um sorriso e tentar não chorar como uma coisa curiosamente bizarra enquanto caminho até a escola).

(Minha escrita é totalmente impessoal, leitor. Não me olhe desse jeito.)

Coisas banais

Uma chuva torrencial inundou os teus discos. Os dias não pouparam o material, o jogo de pratos caros que você guarda em um dos armários, a decisão de deixá-los trancafiados lá até que você julgue a visita boa o bastante para utilizá-los.

Os livros velhos, a chuva, a vizinha que grita com seus cachorros porque afastou todas as pessoas com as quais costumava gritar, a tua mãe te chamando para ir dar uma volta, as manchas que começaram a aparecer nas cortinas compridas demais, o barulho que os sofás da tua casa fazem quando você deita neles de corpo todo, todas as fragmentações emocionais, todos os cacos de vidro, todas as vezes nas quais você não temeu deitar cada uma das tuas articulações sobre um corpo, todas essas coisas que as pessoas classificam como banais (emoções, cacos, sofás, chuva, gritos e dores de barriga) começam a te lembrar de uma poesia estúpida. *E você pensa naquele amigo que não te deu notícias durante o verão, mas que te abraçou em momentos aleatórios da vida* (depois de você ter brigado feio com os teus pais, por exemplo). Naquela música que você ouve ininterruptamente quando está triste com o intuito de ficar ainda mais triste. Naquele cara que fez um carinho no teu braço, que te olhou e que permitiu que você o olhasse durante os minutos que antecederam a ligação da tua mãe.

E, ainda assim, você pensa que vale a pena ler a poesia. Que esse é um bom amigo, que aquela é uma linda música, e que, talvez, não fosse tão gostoso e doído de lembrar se o teu telefone, durante aqueles pedacinhos de tempo irrelevantes e banais – não fosse pelo fato de serem pedacinhos de tempo – estivesse desligado. Que, ironicamente, essas coisas não seriam tão inteiras – e ao mesmo tempo tão incompletas – se fossem diferentes.

Nada específico

Sonhei que a gente saía para tomar café e, quando acordei, senti que cada célula do meu corpo, de repente, ficara anestesiada. Não me cobri com o edredom, não tentei ajeitar o travesseiro, não me coloquei em uma posição menos dolorosa para os meus ombros. Só fiquei ali, quietinha, pensando. E aquela atmosfera assustadoramente estática, e o silêncio colossal que pairava sobre a minha cama, e todos os sons e todos os gostos (de trânsito, de encontro, de falha, de pressão baixa, de café, de material particulado, de bairro, de vasos de planta devidamente acomodados na janela de alguma cozinha, de água, de ausência de gosto e de qualquer outra pequenice que lhe ocorrer), me fizeram lembrar do contorno do teu lábio superior e das tantas marquinhas que você tem no rosto. Daí eu quebrei o silêncio. Peguei o sonho com a minha mão direita. Senti-o, quis que ele se materializasse ou que se fundisse à minha cortina. Quis que ele não fugisse da parte consciente da minha mente, quis me certificar de que ele seria lembrado, independentemente de tudo o que uma certificação implica para uma pessoa como eu. E eu percebi que não. Que não posso lembrar do sonho, que não tenho mais acesso aos detalhes, que, cada vez que tento voltar a ele, algum fator é, mesmo que minimamente, alterado.

Porque somos coisas falhas, que não conseguem armazenar tudo o que lhes importa. E daí eu percebi que escrever é também uma forma de garantir que uns poucos detalhes se mantenham vivos.

Não intactos, mas, ainda assim, vivos.

É a minha forma mais intensa de sentir o que meus sentidos não apuram, o que meus olhos não conseguem seguir, o que meus ouvidos não captam plenamente. É a minha forma de proporcionar aos detalhes vidas, quase que na sua totalidade, normais. De mantê-los bebendo café, de deixá-los deveras descontentes com a certeza de que, inevitavelmente, suas roupas novas e suas certezas vão ser manchadas, rasgadas e esquecidas no fundo de uma gaveta velha.

(E de que alguém, despretensiosamente, irá achá-las. Em uma feira de móveis e objetos usados ou quando estiver procurando por um par de meias, por um detalhe ou – possivelmente – por ambos.)

Estou no carro

(Penso naquela frase, daquele conto, daquele livro. As cores, os rostos e as sinaleiras me remetem às páginas amareladas de um livro que eu não folheio há uns bons meses. E eu penso nas avencas. E lembro de ouvir as pessoas sonharem com geladeiras. Minha mente caminha por uma calçada e se pergunta quantas pessoas passam por ali sem nem perceberem que estão passando. E eu percebo que estou no carro e desvio o olhar do meu celular para a mão que afaga a cabeça da criança. E não estou mais no carro. Estou a dois passos da criança, estou sentada na calçada, estou choramingando como um animal assustado preso por uma corda, estou construindo climogramas enquanto meu suor pinga na extremidade do papel milimetrado. Não.)

Estou no carro.

(E penso novamente nas geladeiras, mas agora nas com preço promocional e nas expostas em todas as vitrines do mundo e penso no capitalismo, nos agrotóxicos, no contrabando de armas e nas pessoas que estão esquentando seus almoços em algum micro-ondas. Penso que alguém acabou de derrubar as chaves, que alguém está se perguntando se é arranjo ou combinação, que alguém está sentindo dor, que alguém está andando por uma rua estreita, que alguém está esperando o sinal abrir e que alguém está pensando em acelerar independentemente de o sinal estar fechado. Penso no mundo. Em enxergar o mundo todo de uma só vez e em voar pelo espaço sem roupas específicas, sem máscaras de oxigênio e sem medo.)

Sinto uma puta coceira na minha perna.

(*Em ir fundo, em beijar olhos e em ouvir bocas. Penso em rasgar minha roupa, em andar descalça pela rua sem temer machucar meus pés.* Penso na imensidão de todas as coisas, no gelo derretendo, nos dentes que estão nascendo, nas saudades, em quando pernas abraçam cinturas na tentativa de esganar as distâncias e as fendas e os vazios. Penso em afundar meu rosto naquele cheiro de loção pós-barba. E penso em um pote de sorvete, em um apreciador de quadros modernistas, nas fotos que pretendo revelar e nas fotos que nunca foram tiradas. *Me assusto.* Penso que tenho que arrumar meu quarto, que tenho que dobrar umas roupas e resolver exercícios de probabilidade. E acho que vou me trancar no banheiro. Mas estou no carro e aqui não tem banheiro. É.)

Coço a perna.

(Quero ir para casa. Essa senhora que acabou de parar na frente da loja de sapatos provavelmente também quer ir para casa. E o velhinho que carrega pastas e que expõe sem receio o xerox do seu RG deve sentir falta dos anos oitenta. E eu? Acho que eu gostaria de estar deitada no chão, ou encostando a parte mais quente do meu braço no piso frio, ou escrevendo aleatoriedades nas paredes do corredor que dá para o pátio, ou escovando os dentes devagar, ou empurrando todas as prateleiras e aguardando a gravidade fazer o resto. Sei lá.)

    Meu pai acelera.

Relações vencidas

É necessário desfazer a barra da calça e providenciar tintas, e uma tesoura afiada, e talvez uns pedaços de tecido para cobrir as estampas de Barbies esqueléticas e lindas e felizes. No caso de ter um bom saldo bancário, deve-se considerar a possibilidade de dar uma olhada nas lojas. Porque, geralmente, até os calçados resolvem apoiar e tomar a mesma decisão que as calças. Obrigam-nos a jogar os cadarços na lixeira, cortar as extremidades do couro gasto. E os diálogos também se revoltam. É preciso reformulá-los.

Alimentos vencidos não são uma boa – dizem. E estão, surpreendentemente, certos. Relações vencidas também não são uma boa. Acontece com elas algo que se assemelha ao que acontece com os alimentos: o gosto deixa de satisfazer. A língua rejeita. O corpo se afasta, se defende, se curva, se abraça e se permite chorar.

Deixou de ser o restaurante que adorávamos.

Não servem mais a sobremesa que serviam há uns anos. As folhas foram varridas. Os pássaros alçaram voo. Os olhos não mais os alcançam. O inverno obriga a senhora tristonha a tirar mais um cobertor de dentro do armário.

Os pelos eriçados do braço dela sabem que não serão mais tocados daquela forma. Os restos de pão, perdidos sobre a mesa, são mordiscados pelos pássaros fujões. As paredes sofreram com as últimas chuvas. Infiltrações tomam conta da cozinha, mas os pássaros e a senhora e os pelos e o cobertor, sempre serviçal, não ligam. Os mosquitos deram um tempo. Os livros calaram suas bocas e caíram nas garras da introspecção.

Não serve mais – pensa a conciliadora de casais, no fim do dia, quando se senta na cama e percebe os calos. Não serve mais – reflete a filha, depois de um almoço de domingo (de ter que cumprimentar amavelmente pessoas das quais não se lembra, enquanto suportava as cólicas, as mensagens ofensivas, o fim do namoro, as provas da próxima semana, o machucado no dedo, as cargas invisíveis e pesadas que considera mais suas do que as próprias mãos).

Não serve mais.

A cor deixa de combinar com o tom de pele, a porta não quer fechar, o abridor de latas declara estar próximo de se aposentar.

Não adianta pegar o ônibus que pegávamos. Ele não nos deixa mais no lugar no qual precisamos estar. *A sala do pediatra, decorada com bichinhos fofos e com vários vidros cheios de balas, não nos aceita mais. A do ginecologista nos espera.* As prateleiras cederam. As bonecas foram estocadas na despensa. Não serve mais – concluo. Os batons vencidos, as vontades adormecidas, as sapatilhas da Moranguinho, o creme dental do tigre, o sonho de ser astronauta, a conversa que sempre acaba em discussão, opiniões, conclusões, tênis rasgados, ingressos encontrados atrás do sofá, televisões sem som, boletos bancários esquecidos.

Primavera

"Cough syrup", Young Giant

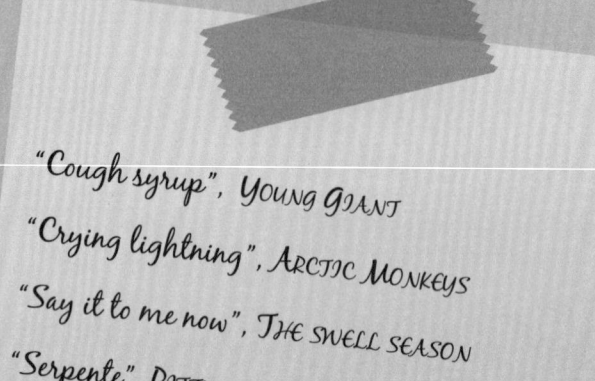

"Crying lightning", Arctic Monkeys

"Say it to me now", The Swell Season

"Serpente", Pitty

"Somewhere only we know", Keane

A espinha as marcas os tornozelos os antebraços e as folhas de papel

são agora contornados pela manhã.
    a manhã insiste em existir
    e se acomoda sobre a cama
    e já se ouve
    a senhora do fim da rua abrir o portão
    e já se vê dois universos
    acordarem
em meio à pele facial flácida
    (aos contratos de aluguel, às prestações e às distâncias)
    do aposentado
    e já anoitece
    nas barracas improvisadas
    e alguém abre uma coca-cola
    e alguém ajusta o cinto de segurança
    e alguém esquece de fechar a porta
    e volta
    e tropeça no tapete da cozinha

quando lembra
alguém se zanga com os papéis que precisa entregar
até o meio-dia
e já se vê os borrões que
aos poucos acordam no céu
como se fossem restos de tecido
reutilizados
pelas campanhas de conscientização ambiental
e não há cortinas.

Poesia

A idosa limpando o pátio tristemente, o riso sincero da criança, o voar dos insetos mais bizarros. Tudo me parece poético, deveras motivo para escrever, descrever, sentir e apontar. As folhas dançando no chão, nas árvores, nas mãos de quem as arrancou do lugar em que deveriam estar, por puro capricho e falta de consciência. *A poeira tóxica* e fedorenta provocada pela queima da gasolina e de seus derivados, os olhos das pessoas sempre tão molhados, sempre tão cansados, sempre tão apaixonados e receosos. O branco das nuvens, o barulho dos ratos em armários velhos, as peças aposentadas, as senhoras que não sabem mexer em caixas eletrônicos, os senhores que amam as senhoras e os seus vestidos tão cheirosos e floridos – como um campo repleto de qualquer espécie de flor, em época de primavera. A adolescente com um bando de problemas para solucionar, com um bando de soluções para encontrar. Com um bando de mensagens para responder, de desculpas para dar. Com vontade de beijar uma boca. *Com medo de beijar a mesma boca.* As cores dos pisos, das paredes e dos telhados. O vagar triste de quem perdeu o que sabe que não irá recuperar, pelo menos não tão cedo. O balançar, quase imperceptível, da cabeça de alguém que estava ouvindo música no metrô. O grito que a gente abafa, porque gritar em locais públicos não é aceito pela sociedade da qual fazemos parte. A vontade de sair correndo. De comprar um trailer e fugir por um tempo do que nos impediu, até então, de comprar um trailer e fugir por um tempo.

Você me faz ver poesia em cada poro, em cada olhar, em cada pano de prato que é sacudido na porta de uma cozinha qualquer. Em cada gota de suor que incomoda os olhos de quem trabalha na Freeway. Em cada toque, em cada arrepio súbito e em cada vestígio de uma dor antiga.

Poesia.

Dor e cordinhas de varal

mais quinze dias.
    e depois mais dezesseis.
    e o mês acaba
    e o mês começa.
    o técnico nunca aparece para dar um jeito na internet.
    a preguiça te impede de substituir o cobertor por uma manta
    menos
sufocante.
    e as notas fiscais não são emitidas.
    os relógios,
    as crianças e os velhos te lembram de que
    o tempo passa.
mas você finge que
    essa é só mais uma ideia que as pessoas aceitaram porque
    é mais fácil universalizar concepções.
    mas na sexta-feira
    os teus sentidos atrofiados identificam uma alteração na composição do ar atmosférico.

e você é acordada por um
aperto homicida no estômago.
não acha os sapatos que pretendia calçar.
sai do quarto e os móveis estão
fazendo barulho.
e a tv as luzes as preocupações e
a máquina de lavar roupa:
tudo está ligado.
as circunstâncias te obrigam a ir até a farmácia.
a dor te obriga a
encarar a vida.
e você sai na rua –
mas, inicialmente,
continua sentada no chão
do corredor que dá para a
sala.
você está longe.
andou por dois quarteirões sem ter consciência
das ordens que está
dando às suas pernas.
(se diz,
ao mesmo tempo em que dirige a si mesma um olhar irônico,
que
precisa estudar
a crase.)

fazia tempo que você
não via pessoas viverem suas vidas.
e tem tantas e...
e as pessoas, você percebe, ainda são as mesmas.
continuam comprando bananas na fruteira do tiozinho,
continuam andando pelas mesmas calçadas esburacadas,
continuam inalando dióxido de carbono
e o cheiro de mais um dia totalmente igual a todos os outros dias que o
antecederam
e,
ao que tudo indica,
totalmente igual a todos os outros dias que o irão suceder.
(fazia tempo
desde a última vez em que você tentou
ordenar e escrever
algo relacionado ao seu caos característico.)
você percebe que
as roupas estão estendidas nas cercas.
e
você
se
pontua
você sempre se pontua.

"alguma coisa para dor de estômago" – você diz
    mas
você não diz.
só
pensa.
e a dor ordena que os teus braços
    façam alguma coisa.
    mas
tudo são cercas carregadas de panos,
    calçados,
    e
lençóis de malha
    e
contas e estrelas
do mar e convites para eventos
    aos quais você não irá.
    as coisas estão surpreendentemente
    desordenadas – você percebe.
    você percebe
    a pasta de documentos,
    a ração do cachorro e os livros...
    você se reticencia.
    você percebe:
    todas essas coisas extraordinariamente banais
    fazem parte do que você é.

e, mais ainda, do que você sente. e você sabe.

agora você sabe.

as cordinhas

simplesmente

arrebentam.

e arrebentam de uma forma

que costumava assustar.

a senhora corre para as lojas da esquina, à procura de

cordinhas mais resistentes.

mas nem sempre encontra.

e elas, e todas as pessoas – nós pessoas –,
às vezes,

somos forçadas a recorrer às cercas.

Não consigo aceitar que seja só isso

Levar palmadinhas de um médico qualquer, abrir a goela para o universo e chorar amarga e ininterruptamente. Ter cinco anos, comer porcarias gostosas, cultivar um feijão num copinho plástico por umas semanas. Aprender a não aceitar doces e afins de estranhos, a não pegar carona.

Crescer dois anos. Ensino fundamental. *Pegar o ônibus pra ir à escola, juntar as letras, andar com os saltos da mãe, cantar em cima da mesa.* Crescer três anos. Apaixonar-se por um menino que faz inglês e que calça um tênis bonitinho. Crescer quatro anos. Ensino médio. *Provas, muitas provas. Estudo, muito estudo.* No meio de operações matemáticas, cálculos de velocidade média, deslocamento, posição, gráficos de substâncias...

Passam-se mais quatro anos que se arrastam enquanto passam, mas que depois parecem ter voado. E aí vem a escolha do curso que nos tomará tempo e paciência na faculdade.

Vem a vida e te enche de tapas pela face. Perda de pessoas amadas, frustrações, amizades que nunca foram amizades. *Dezoito anos, enfim.* O fruto fica doce, depois de anos sendo fel. *O dinheiro para a carteira de motorista vira sonho, um carro se encontra mais distante do que as estrelas que choramingam no céu.* Hábitos acompanham os curtos dias: deve-se comer apressadamente, cumprir horários, secar roupas atrás da geladeira porque a área de serviço do prédio não é segura. E é impossível acompanhar a trajetória do sol. É necessário arrumar um emprego chato, sorrir para evitar inimizades com pessoas que pouco importam. A vida vai, a vida vem.

Reencontra o menino do tênis bonitinho. Se gostam.

Vão ao parque, discutem Caetano e morrem de rir.

Mágico. Ele também gosta de Cícero e também se esquece de justificar os trabalhos que digita em qualquer editor de texto. Só que, meses depois, ele vai fazer intercâmbio.

Nos intervalos de 15 minutos é que somos felizes. No suspiro entre uma obrigação e outra, no mastigar de uma bala de goma sabor laranja, na folga de um dia por semana, na dor posterior ao soco no estômago, na volta do coma, no frear do carro, antes de trocar a bateria do relógio que deu os doces. Somos felizes quando a média é alcançada, quando largamos a maldita mochila que carregamos o dia inteiro cidade adentro, quando marcamos o ponto decisivo no jogo de voleibol. Somos felizes quando percebemos que o absorvente suportou, quando o aperto no peito vira frio na barriga.

Somos felizes quando a navalha não estava afiada, quando o atraso não é jogado na cara, quando encaixamos um abraço na agenda lotada, quando fazemos da ausência da força a própria força. Como as plantas que convertem água e gás carbônico em glicose para manterem-se vivas.

Contudo, seremos mais felizes quando as grades forem arrancadas das janelas, quando os comércios abrirem suas portas sem temerem a violência. Quando pudermos aceitar as balas do estranho ou a carona pra voltar pra casa depois de um dia cheio.

Não

Não acredito que a vida seja isso.

É um milagre estarmos conversando agora, é um milagre todos estarmos vivos e respirando.

A vida é um milagre e somos obrigados a tratá-la como se ela fosse uma tia que nos pergunta se estamos namorando.

Ok, amor, só quero que me responda uma coisinha

Amor, por que você não aparece para mim quando eu tropeço num toco de árvore a caminho do campus? Por que você não aparece? Por quê? Você não é para mim? Eu não sou boa o bastante? Eu preciso fazer esteira 3 vezes por semana e correr 30 minutos em círculos, até desmaiar? Eu preciso sugar a barriga até sentir minha respiração pedir socorro? Eu preciso praticar exercícios aeróbicos nas férias de inverno? Ou apostar em alguma tendência boba ligada ao mundo da moda?

Ou preciso ser menos saudosista?

Ok. Acho que eu entendo – prefiro achar que entendo, pelo menos.

Você chega para todo mundo, mas não sou todo mundo.

Sou um subconjunto do mundo. Um subconjunto perdido no espaço. Conjunto unitário. À procura de intersecção.

Não me comprometo se saiu sem sentido.

Ir embora é uma forma de ficar

As pessoas nunca vão embora. Elas morrem, elas mudam prum apartamento maior, largam o emprego que não consegue satisfazê-las há uns bons e monótonos dois anos, mas não vão embora. *Elas têm a incrível capacidade de manter-se entranhadas nas paredes,* de marcar território no sofá da sala, de deixar o armário do banheiro triste, esperando a visita permanente de mais uma escova de dente. *As pessoas partem parcialmente.*

Continuam com a gente.

Peço perdão de antemão pela ausência de coesão textual (e isso está mais para uma observação do que para um título. Nossa, Sthefany, se interne).

Ando mal-humorada, confusa e com vontade de ouvir o barulho do silêncio, me deitar em um campo... Colher umas flores e ficar devaneando, pensando e pensando. Tô tão farta dessas discussões bobas, dessas mentiras, desses noticiários, desses carros circulando cada vez mais rápido, dessas pessoas com pressa e que não se sentem mais vivas como antes. Por que nós não vivemos? Por que é tão importante conquistar uma posição social bacana? Por que precisamos que os outros nos notem? Não me atrevo a responder. Não sei mais como responder muitos dos questionamentos que me faço. Saco. Não concordo com a porta que bateu antes de permitir que eu pensasse em fechá-la. Não concordo com o palavreado rebuscado e técnico da legislação e com gente que finge não ter olhos e coração, quando alguém precisa de ajuda. Não concordo com os monólogos que você tece, enquanto digo mais uma vez que estou bem. Correção: enquanto minto mais uma vez que estou bem. Porque, na maioria das vezes, penso que não fará diferença se eu disser a verdade. Penso que pioraria tudo se eu dissesse que não posso mais estabelecer qualquer tipo de diálogo, verbal ou não, com esse você tão... perdi o adjetivo, sem pensar que queria te ver mais vezes, e que queria sentir teu corpo e teus braços me envolvendo sem me preocupar com os danos posteriores aos quais estamos sujeitos quando nos permitimos ser envolvidos por outra pessoa.

Não concordo com esses gigantescos emaranhados de nada, que alguns consideram serem músicas. Não concordo com os teus lábios que me mentem o que queria que fosse verdade. Com as tuas idas a lugar nenhum. Não concordo com o silêncio e com o barulho. Não concordo com as imbecis perguntas que meu cérebro tem me feito. Não sei direito como pontuá-las e como respondê-las. O que sei é que não posso exigir dos outros que me digam o que fazer, o que responder, como agir. Eu tenho que lidar sozinha.

Eu tenho que lidar sozinha.

Eu. Tenho. Que. Lidar. Sozinha.

Tomar decisões sozinha é muito difícil para mim, sobretudo porque não sei direito o que sinto e como me sinto, muitas vezes. Considero milhões de vezes mais fácil e menos doído, e menos doido, quando os problemas são resolvidos acionando o PROCON. Quando contratamos um influente advogado para cobrir nossos furos. Supérfluo, simples. Alguns processos judiciais e estamos ressarcidos. Prontos para a próxima reclamação. Preciso falar com o gerente, a chapinha fodeu meu cabelo. O fogão deixou de funcionar na segunda semana de uso. Está na garantia. Não se preocupe. *É tão mais fácil quando algumas pedras de gelo, umas borrifadas de álcool e um dia de repouso... Curam.* Nos fazem sentir novinhos em folha e prontos para qualquer picada de abelha e tombo na esteira.

O problema é quando não é supérfluo ou simples ou possível de resolver com dinheiro, ou com gelo, ou com álcool, ou com analgésicos. Quando o problema deve ser resolvido por nós. A batata está queimando nossas mãos e não podemos passá-la adiante. O problema é quando não temos qualquer garantia na qual depositar nossas esperanças.

Por que é tão difícil investir em um imóvel possivelmente amplo, mas financiado, quando moramos em um apartamento pequeno e quitado? A resposta é tão óbvia: temos medo de ficar na rua. De o financiamento limpar nossas contas bancárias e de a casa ter infiltrações em poucos meses. De não termos dinheiro para contratar um bom encanador.

Amar é um outro problema e se assemelha a esses outros, em alguns aspectos. É investir no imóvel (sabendo que ele poderá ter infiltrações e apodrecer em pouco tempo) porque o apartamento não traz mais felicidade. É aceitar que é provável ficar sem teto, mas é eliminar de vez pensar a respeito do que poderia ter sido.

Amar não dá garantias.

Se eu dissesse que não estou bem sei lá será que você se importaria não claro que não como sou idiota e porque não estou pontuando pois é boa pergunta. E se eu dissesse que estou cansada e com olheiras? Que meus olhos estão exaustos e que os coço para mantê-los, olha só que interessante, enxergando? Que a cada cinco minutos tenho mais certeza de que estou contraindo sintomas de gripe, o que me faz pensar que preciso evitar ficar doente? Que quanto mais tempo espero para te dizer o que me parece tão possível de inferir por qualquer pessoa dotada de um pouco de bom senso mais tempo perco e mais momentos nos quais não sei como agir ganho? Não tenho garantias.

As rimas previsíveis e outros pensamentos.

Certo – pensei com meus botões, que vivem caindo e que insisto em costurar, enquanto folhava um livro de poemas antigo –, que previsível! Estavam contidas nele poesias sem graça alguma.

As rimas, previsíveis, cantaram na ponta de minha língua e ela desaprovou o canto. Era amargo, por mais que nossa sanidade mental nos impeça de julgar um som como amargo. Meus ouvidos desaprovaram a voz das tais palavras. Nada me fez gostar delas. Tão previsíveis, insisto. Eram como amores abortados antes do primeiro toque de lábios. Como uma flor que se despede antes de desabrochar. A poesia era como o bebê recém-nascido que não chorou. Como o nosso amor que sempre foi só meu, que no fim das contas virou pavor. Que rima previsível, esta. Previsível como nós. Como as noites que precederam a porta trancada. Como as manhãs com pão puro, sem margarina e doce de leite. Como o trajeto sem passarelas cobertas. Como a temperatura congelante de um entardecer no inverno sem casaco. Como o relógio que esqueceu que as horas passam. Como a água que dança do chuveiro, dando passos de ballet pela nossa pele, que tenta de todas as formas despir-se do suor e do peso das preocupações. Como uma adolescente sentimental, que descobriu, nas rimas previsíveis e na prosa, o refúgio de uma vida imprevisível. Mas que ela tenta prever. Vivendo.

P.S.: *Não vi significado nas poesias, pra ser sincera. Mas se você lê o que eu escrevo, certamente não vê também.*

Falta

Sinto falta.

Não é nada preciso, não é nada que seja relevante mencionar durante uma conversa, não é nada que valha a pena ser dito. É só uma sensação. Uma coisa que surpreendentemente existe, uma coisa que é conduzida pelos lugares mais inacessíveis do que somos, um impulso nervoso, humano e que o nosso cérebro decifra. *Uma sensação daquelas que sequestram o sono das pessoas.* Que deixam a gente meio calado, meio reticente, monologando quando estamos sozinhos, quando pensamos que estamos e antes de percebermos que tem uma senhora nos encarando, curiosa, pensando que fomos acometidos por algum transtorno. *Uma daquelas sensações filhas da puta, que nos fazem derrubar objetos frágeis, que nos fazem reparar nos outros e nos seus pedacinhos tão bonitos e particulares.* Em um dente, em uma ruguinha, em uma ideia amassada e jogada no chão.

Uma sensação que te faz procurar as músicas mais tristes. Uma sensação que te faz ler e reler as letras que mais parecem ter absorvido os pedaços de dor e de poesia que quem as compôs carrega pelos metrôs, pelos viadutos, pelas viagens e pelos cômodos da casa, sem sequer perceber. Uma sensação que te faz recusar o convite para ir à praia porque você prefere ficar em casa, encolhido, quieto, pensando nos olhos da senhora, pensando nos restos de barba cujas existências não foram percebidas pelo barbeador. Uma sensação que te faz imaginar cenários, que te faz lembrar de expressões faciais, daqueles braços apertando delicadamente cada uma das tuas articulações, do riso, da vibrante e poética vitalidade que você sentiu percorrer o teu corpo todo. É. Essa mesmo. A que foi bombeada junto com o teu sangue. E que depois se dissolveu, se amassou e se jogou no chão. Como aquela ideia. Como aqueles sofás que as pessoas abandonam no meio da rua quando não veem neles mais nenhuma utilidade.

É uma sensação. Só uma sensação.

Não é tão ruim quando o problema está na casa

Quando você não sabe por onde começar a faxina. Quando você tem receio do que pode encontrar ao abrir o armário do quarto dos fundos. Quando não se pode descartar a possibilidade de que o que faz barulho na cozinha, principalmente lá pelas três horas da manhã, é um esquilo – gripado e fodido demais para ficar quieto. Quando os perus cagam todo o pátio, como se tivessem o intuito de cagar qualquer superfície que não possa impedi-los de cagá-la. Quando você pega o cara com outra, em uma tarde de segunda-feira, e não tem coragem de fazer as malas dele. Ainda é possível quando você percebe que um carinha filho da puta está forçando a porta da sua casa, e quando, no dia seguinte, você percebe que ele roubou o miolo da fechadura. Legal. Mas ainda dá. Dá quando você tropeça em um arame justo no momento em que tentava ver a cara do sujeito, pela sacada de casa.

Dá até quando você deixa de pensar na própria vida, no que pretende, no que faz você evitar feijão com pele e com demais bagulhos bizarros com os quais as pessoas costumam temperá-lo. Quando o funcionamento dos seus dias se assemelha, por um tempo, ao funcionamento de uma máquina que estampa objetos. É saudável quando você fica triste, acabado, quando você quer mudar todas as coisas e quando você se apavora com as situações – ao ponto de restringir-se a viver em três cômodos: um quarto, um banheiro e uma cozinha.

Você tem esses direitos.

(Ninguém tem a bunda dura como parece, ninguém tem um relacionamento perfeito com o pai, e, com certeza, ninguém tem um peru que não caga.)

Os sentimentos que vivem nos nossos submundos particulares também são nobres.

(E você pode deixar que a sua casa vire uma caverna e não, se você não quiser é melhor nem tentar uma arrumação emergencial.

Mas você ainda vai ter que ir no mercado comprar açúcar.

A vida convoca você a viver.

E o maior problema é quando você olha, procura, tateia e pensa, e finalmente te ocorre que não, que você não quer mais sair para comprar açúcar.)

Verão

"Deixa o verão", Los Hermanos
"No dia em que você chegou", 5 à seco
"World spins madly on", The Weepies
"I won't be found", The tallest man on earth
"Hummingbird", The weepies

Jogue bola, cante uma canção e corra, corra...

Se um instante tem o poder de modificar tanta coisa, um ano muda nossas vidas curiosamente. Os anos nunca são iguais, mas, como todas as coisas, têm seus pontos de contato: as estações que, apesar dos desequilíbrios ambientais, procuram ser fiéis a suas funções, os sonhos que sentimos estarem prontos para saírem da sala de espera.

Desde que nos adaptamos ao sistema, desde a primeira vez em que nos enxergamos como seres humanos, projetamos o ano seguinte. Sonhamos e tecemos aventuras loucas demais para serem consideradas insanas. Planejamos pôr o sofá da sala à venda, pensamos em maneiras de terminar o relacionamento procurando causar o mínimo de danos possível ao parceiro, e passamos a trabalhar ideias e a traçar metas, criar coragem para largar um emprego que já não traz mais *satisfação*.

O ano novo tem como uma de suas principais tradições trazer perguntas. Milhares de interrogações chegam pelo correio, vários probleminhas insistem em visitar nossos cômodos bagunçados. Vez ou outra, somos levados a cafeterias, estádios de futebol e salões de festas infantis, porque, poxa vida, somos humanos. Vez ou outra, a maré nos presenteia com flores e cabe a nós deixá-las murcharem simplesmente ou fazer uma forcinha e usá-las para enfeitar uma coroa. Não é à toa que um dia alguém sugeriu fazer uma limonada se a vida lhe der limões.

E eu sugiro que, se uma enchente invadir sua casa, pratique nado sincronizado. E levante a maior quantidade de móveis que conseguir, utilizando a paciência que não tem para enfrentar a água. Pena que não é tão simples conviver com as adversidades. Eu, por exemplo, não sou muito boa nisso. Admiro os campeões olímpicos de natação, mas tampouco sei nadar. Vou tentar trabalhar *mais nisso no ano que vem.*

Olha aí... É bacana agregar ao ano novo a ideia de um recomeço, uma oportunidade de melhorar o currículo, aperfeiçoar habilidades já instigadas ou de começar a conhecer-se mais a fundo, praticando atividades que nos conduzam àquilo que somos de verdade. "Vou parar de beber, vou emagrecer, vou visitar meu tio." "Pretendo me matricular num curso de outro idioma, mas principalmente tentar fazer as pazes com minha família."

Ok, legal. *Mas por que não fazer isso hoje?* Em maio, em março, em outubro? Por que esperar o 1º de janeiro?

Talvez ele não nos espere, não se sabe.

Creio que um dos maiores problemas da atualidade é o de contar, inexoravelmente, com o amanhã. Com a perfeita execução dos passos de dança, sem pé torcido e gelo. É preocupante. Frequentemente, em conversas informais com pessoas do meu convívio, solto coisas como "pretendo sair amanhã, se eu estiver viva" e outras do gênero. Muitas pessoas lembram que sou jovem e outras devolvem com um "como você é boba", mas a verdade é que estamos sujeitos a morrer simplesmente por ainda estarmos vivos. É isso. Não adianta eufemizar, ou ignorar o fato de que morreremos um dia. Aceitar a morte e pensar nela como uma visita que não tem hora para chegar é a maneira mais eficaz de aproveitar os dias que nos são oferecidos. Acho produtivo pensar nela como uma viagem que não podemos adiar. *Então vamos andar de bicicleta por aí, enquanto isso é possível. Pedir desculpa, começar um trabalho voluntário. Vamos ser gentis.* Nossa sociedade carece de gentileza, de gente disposta a solucionar ou a tentar ajudar o outro a resolver um problema. Aglomerados em cada esquina estão os fofoqueiros, os insensíveis. Possuidores de bombas aguardam o momento oportuno para lançá-las em nossos lençóis enquanto dormimos. O mundo já tá ferrado o suficiente, posso garantir. Não precisamos de mais hipocrisia. Vamos ceder o banco do ônibus a um idoso, cara. Não compreendo o que faz uma mãe ordenar que seu filho não se mova do banco onde está sentado, enquanto um idoso cambaleia à procura de um.

Cada ano é único. Cada um com suas mudanças, lições, desafios. Existem para nos ensinar que é possível mudar e ir além. Existem para darmos uma pausa e refletirmos. Existem para abraçarmos nossos queridos como se nenhum deles fosse ir embora, independentemente dos percalços.

Enfim: em 2015, em 2016, em-qualquer-ano--que-existir, *faça algo de que você possa se orgulhar.*

Certifique-se de estar provido de um bom esfregão, porque, por mais que cuidemos, o leite derrama. Ame o máximo que conseguir. Sonhe. Parta para algo mais sólido do que amassos e mensagens. O ano novo está aí, esperando-nos, com um sorriso simpático.

Não esqueça que pode ser o seu último.

P.S.: É importante lembrar que é uma pena desperdiçar horas valiosas com atividades que não façam nosso coração palpitar.

Motivos

Enfiei o dedo na garganta e não saiu nem ar. Forcei, curvei a cabeça, segurei os cabelos. Não saiu nada. Depois larguei a folha rabiscada em cima da cama, e a caneta mantive presa por entre meus dedos. Isso se chama ausência de palavras, ausência de motivo, talvez.

Como disse Bukowski: "Vocês não têm motivo". Talvez, nesse momento da minha vida, eu não tenha. Mas poderia escrever sobre as borboletas e suas metamorfoses, sobre as pessoas e suas neuras. Sobre a maioria dos homens e o seu apreço por bundas empinadas, sobre as mulheres e *seu apreço pelos homens que têm apreço pelas tais bundas.* Poderia escrever metaforicamente sobre a unha que quebrei ontem. Poderia escrever sobre o amor que sinto pelas pessoas, sobre o ciúme, sobre a insegurança que tenho em cada passo. *Sobre a minha espera por um moço com barba feita, que curta Nando Reis e que leia romances policiais.* Eu tenho motivos, eu tenho. Só que às vezes é difícil escrevê-los.

Vidro

Odeio sentir meus pensamentos colidirem uns com os outros e virarem gotas de sangue. *Odeio ser invisível e mais ainda ser visível para alguns.* Odeio tocar e não sentir, ser tocada e não me arrepiar. Odeio essa falta de intensidade. As luvas de borracha que garantem a ausência de impressões digitais.

Os telefonemas que jamais serão dados. As cartas que nunca foram escritas. A campainha que nunca toca. O vento carregando palavras. As injeções que não fazem efeito. A ferida latejante que nunca desiste de doer. A sujeira nos sofás, na cômoda e na alma. O medo nos olhos. A crueldade. As inversões térmicas. A morte de gente boa. A tristeza por trás de um rosto maquiado. A indiferença. Os mosquitos devorando os humanos. **Os humanos devorando os humanos.**

Os sentidos sentem

Sou avisada de que terei que improvisar. As falas que repasso tantas vezes são levadas pelo vento. Tornam-se desprezíveis. As improbabilidades verbais mais horrendas insistem em saltar no mar onde se localizam minhas cordas vocais. E saem. E dão saltos impressionantes. E muitas vezes bobos. E se atrapalham, enrolam-se nos próprios pés e ainda precisam da minha ajuda para se soltar. E eu fico sem saber como disfarçar, porque quando a gente gosta não tem máscara que cubra o que nós somos. Porque quando a gente gosta escrevemos textos ridículos. Textos sem sentido para os críticos literários. Assim como o gostar. O gostar não tem sentido para ninguém, só para quem sente. O gostar é, muitas vezes, sem vida. Bebê que não respira. Exceto para nós, os sentidos. O bebê respira e tem as pernas mais bonitinhas do mundo para nós. E, em muitas circunstâncias, somente para nós.

Caímos, tão bestas. Tão alegres. Tão ingênuos. E acontece. Sabemos que o bebê não respira, mas insistimos.

E mentimos para nós mesmos que nos entendemos. Entende o que quero dizer, leitor? Os sentidos sabem. Os sentidos veem sentido no que escrevi neste grande quadro branco e sugestivo. *Os sentidos, apesar de agirem sem sentido muitas vezes, entendem.* Porque eles sentem. As suas pernas doem, os seus pés compram as passagens na rodoviária e se despedem. A cabeça gira e decide cancelar o contrato que tem com o pescoço e todo o resto muda.

As atividades celulares são controladas por algo desconhecido. A barriga treme, ou algo na barriga treme, o que cria a ilusão de que a barriga está tremendo. Eu não sei. É possível ouvir o choro do bebê que não respira. O indicador alheio tira sarro. O bico é levado cuidadosamente à boca do bebê. *O choro vira silênc...*

As passarelas se cruzam. Multidões vêm e vão. O mundo roda e a lua nos convida para jantar. Os sentidos sentem.

Os sentidos descobrem que o bebê nunca viveu. E nos intervalos entre as descobertas tudo fica estupidamente bonito e feio. E antônimos populares e comuns são utilizados para enfatizar o quanto o ser humano se perde ao se dar conta de que a única coisa real foi a ilusão.

Os sentidos, leitor, vivem sentindo. Se recusam a sentar, se recusam a sentir.

Mas sentem.

Sentem-se.

Às vezes é bom descansar.

Preciso conseguir

Não tô gostando da minha vida. Tô explodindo de raiva de trabalhos em grupo, de praticamente morar na escola, de ver que minha mãe tá envelhecendo, de esperar alguém que não chegará tão cedo, de querer e me sentir impotente. *Eu tô com raiva dessa gentinha hipócrita que pisoteia os outros, sem perceber que se pisoteia.* Eu tô com raiva de não ter tempo para ler, para dançar na frente do espelho porque sou meio louca e porque amo um pouco o meu lado criança. Lado que só quer jogar a vida para o alto, apertar o passo diante de circunstâncias não tão legais, atravessar a cidade várias vezes procurando algo. Algo. Vago. O lado criança não sabe o que está procurando, e isso torna mais difícil encontrar.

Eu tô com raiva dessa sensação doentia de querer sair correndo por aí, sem levar celular, sem carregar o peso das responsabilidades e das provas e dos trabalhos e dos questionamentos internos pelos quais todo adolescente é obrigado a passar. Eu tô com raiva porque não tenho tempo, porque a saudade tá deitada na minha cama, com as pernas pro alto. Ela revira meus cds e ameaça extraviar meus livros. Ela enche a geladeira de recados, ela bebe meus perfumes, ela corre de um lado para outro. Não consigo matá-la. Não tenho coragem suficiente, não sei se quero que ela se vá.

Não sei se quero continuar, não sei desenvolver algumas operações com vetores, não sei me importar quando não me importo. Não sei demonstrar direito que me importo quando me importo. Perdi a facilidade de gargalhar alto. Perdi a doçura, a capacidade de amaciar minha voz. Perdi a vontade de andar a cavalo, *perdi a mania de perguntar: tu tá bem?* Não consigo fingir que gosto de acordar cedo, que gosto de frases que começam com "tem gente que", que amo o barulho de telefones tocando. Menos ainda, que amo os três juntos.

Eu tô com raiva de não poder ir a Porto Alegre abraçar minhas tias que noto estarem envelhecendo, como minha mãe. E como eu. *Eu estou velha.* Eu estou com 51 anos e não consigo me aposentar. Meu espírito, amargo, não chora mais. Meus olhos, pesados, decidiram descansar. Me sinto esquisita, me sinto diferente do que eu era.

Eu tô cansada porque preciso acordar cedo, tomar banho e secar o cabelo. Porque preciso tomar o ônibus, ir tirar dúvidas, almoçar na escola. Porque preciso abrir mão do almoço com a minha mãe, porque os trabalhos não podem se acumular do lado da minha cama. *Porque preciso ir, preciso, porque vale nota.* Porque preciso fazer, por mais que nenhuma célula do meu corpo esteja disposta. Nem de leve. Por mais que nada em mim queira continuar nesse ritmo estilo jogo de futebol de 500 minutos. Por mais que eu esteja farta, meus ombros estejam fartos, meu psicológico esteja farto e chorando e apavorado e dolorido e querendo cumprir funções diferentes das que tem cumprido. Por mais que eu ame o almoço da minha mãe e as batatas fritas que só ela consegue fazer. Por mais que eu não vá com a cara de uma mulher da cantina, que grita meu nome como se fosse me fuzilar, bater na minha cara e rir dos meus pensamentos. Por mais que faça tempo que eu não assista a um filme, que eu não me permita sentir o vento, que eu não consiga sair sem pensar que devia estar em casa, na escola ou em uma sala totalmente branca e sem janelas. Ah, mas eu devia estar lendo a apostila e separando o que considero mais importante para anotar. Eu devia estar dizendo a mim mesma que é assim mesmo, que eu tenho a mim e que as coisas vão mudar porque vou me acostumar e tudo mais.

Vou para a terapia, vou me jogar no chão, vou chorar no ombro do primeiro que passar.

Mas preciso conseguir.

Ouvidos frágeis

Milhares de planos aguardam na sala de espera. Espalitam os dentes com as unhas, porque os palitos acabaram há muito tempo. Resmungam bobagens, histórias desconexas, comerciais, preços de mantimentos e mais um bando de coisas nos ouvidos dos outros. E as salas se tornam pequenas, porque cada vez mais planos são estocados. E eles se batem e xingam seus criadores.

Organizam protestos. Dizem que irão derrubar a porra da porta e escalar o portão e correr pelas ruas fedorentas e poluídas – por dióxido de carbono e por planos moribundos, que dormem encostados em placas de trânsito. Os planos sofrem. Muitos desistem e não têm para onde ir.

(*E nós, os criadores, acreditamos controlar nossas vidas e a intensidade de nossas frases inacabadas.* Tomamos um banho e depilamos as pernas e cobrimos o rosto com cosméticos que nunca cumprem plenamente o que as propagandas anunciam.)

O que nos liga aos nossos planos é que ambos estamos arquivados. Nos comportamos, não deslizamos para fora de nossa respectiva pasta carimbada.

Não mantemos contato por muito tempo com as pastas próximas, porque criar vínculos é criar bichos de estimação adoráveis, mas que, vez ou outra, arrancam a pele da nossa cavidade torácica com seus dentes – não tão adoráveis.

E os planos caem da cadeira e levantam e choram e caem da cadeira. E pensam no que fazer. Batem na nossa cara, gritam em nossos ouvidos frágeis.

(E eu estou em uma parada de ônibus que sequer possui uma cobertura. *Estou tossindo discretamente coisas que queria gritar.* Mas, se eu gritar, vou foder com os ouvidos humanamente frágeis de quem estiver por perto.)

Sim. Nossos ouvidos são frágeis. Aprendi isso nas últimas aulas de física.

Mais de cem decibéis causam estragos. Mais de cento e trinta causam estragos permanentes.

(O ônibus está demorando e isso com certeza não é uma novidade. Estou tossindo discretamente e queria vomitar e isso, com certeza, também não é uma novidade.)

Somos permanentemente estragados. Todos os dias. Não seria viver – e não seria humano – simplesmente cobrir os ouvidos diante da gritaria alheia ou do choro silencioso da guria, que teve sua cavidade torácica saboreada por alguém que nunca se importou com o choro silencioso *dela*.

(Refazemos o mesmo trajeto cinco vezes por semana.)

E quem gosta de ter a pele arrancada, mastigada e engolida?

(Mas arrancar, com suas presas hábeis, a pele de nossas cavidades torácicas é o que faz dos vínculos, vínculos. É o que nos faz conversar por três semanas com uma pasta e querer conversar por todas as próximas três semanas com essa pasta. É o que nos faz repensar nossas considerações internas e imutáveis. E, sabe, às vezes, é o que nos faz convocar alguns planos para uma caminhada pelas ruas fedorentas e poluídas.) Aprendi sobre a fragilidade auditiva antes das aulas de física.

Sim.

Bem antes.

Sábado

Mais uma vez é sábado.

É sábado quatro vezes por mês.

Uma vez por semana.

É sábado por mais sabe-se lá quantas mil horas, se considerarmos o período de um ano.

É sábado para o sadomasoquista, para a mãe que protege o filho das balas, para alguém que ainda não se deu conta de que é sábado. *É sábado para o solitário* que, por não ter companhia, vai, praticamente todo sábado, a uma cafeteria – há muito ignorada pela vigilância sanitária local.

É sábado para alguém que está olhando para o livro de Geografia, para a mãe que não lembra onde deixou a bolsa, para o segurança da boate. Para aquele ao qual ocorre, automaticamente, dois minutos depois de sair na rua, que ficar em casa é a melhor opção.

É sábado para o homem tristonho, que envolve a noite com seus braços másculos porque precisa descolar uma transa. Para a guria que tateia no escuro, que grita, que espalha panfletos pelas principais vias urbanas, que busca virtualmente, que busca nos livros, nos cadernos, na esponja do sofá da sala, nos sorrisos reprimidos, nos discursos e nos olhos desconexos, a si mesma. É sábado para o chefe de uma empresa de telemarketing. Para o guri que se zanga com seus tênis (e os manda para a puta que os pariu, porque eles simplesmente deixaram de caber. Pensa em abandoná-los em algum dos inúmeros bancos de praça – sempre dispostos e solidários, como só *os eternamente abandonados podem ser*. Não percebe que os tênis são tão culpados por não mais caberem em seus pés quanto o atendente da voz embargada que trabalha na empresa do chefe supracitado. Não percebe que apresenta sintomas que se enquadram no diagnóstico de edema periférico. Nunca cogitou ir ao médico. E sequer desata os nós dos cadarços.)

É sábado para os blocos de madeira, que o avô pretende pintar no próximo sábado. Para os pelos, autônomos o suficiente para aplaudir de pé as pequenices, a fala intercalada com o sorriso, o contato, a voz e o gesticular que, apesar de delicado, é admiravelmente seguro de si – e tão autônomo quanto os pelos. Para os pedacinhos de pele que o casaco gigante, por um descuido, não cobriu. Para os restos de felicidade que escorrem pelo canto da boca. Ácidos. Para os olhos que escutam atentamente as bocas, os olhos, as pernas, o fígado, o gastrocnêmio e as partes obscuras da senhora simpática que aguarda, há mais de três horas, na sala de espera do traumatologista.

Para os frascos de reagente que repousam na bancada de um laboratório. Para as dores que persistem, mesmo quando faz sol ou quando o convite para ir dar voltas pela cidade é aceito. Para os calçados que estabeleceram uma intimidade incomum com quem os calça. Para o vaso de flor, que nos obriga a aproximar o nariz de suas entranhas.

 Você retruca.

 Diz que todos sabem disso.

 Que discorro sobre fragmentos diários desprezíveis, que têm boas razões para serem fragmentos *diários desprezíveis*.

 Percebo que você é um dos que sabem. E um dos que temem, por algum motivo, saber.

Muitas coisas vão parar na lixeira

Todas as coisas que foram ficando, enquanto estávamos ocupados demais tomando conta de tudo. Enquanto o tudo nos sugava e rasgava nossas roupas e jogava nossos aparelhos eletrônicos no vaso sanitário de um banheiro público. *Todas as paisagens que não pudemos contemplar porque precisávamos dirigir.* Todas as vezes em que fomos arrastados pelas nossas pernas sempre lúcidas.

Todas as gargalhadas que engolimos diante do chefe, do pai, do espelho, da amiga, da bosta de cachorro – perfeitamente alojada no sapato formal, que sempre usamos quando julgamos a ocasião mais chata do que todas as outras. Todas as entrevistas de emprego às quais nunca comparecemos. *Todos os ingressos que acomodamos na mesa de cabeceira.* Para os quais desejamos boa noite durante uns três meses. Até o prazo para usufruir deles expirar. E a faxineira jogá-los no lixo. Todos os restos de nós. *Os cds que não tocam,* as crianças odiosas que esperneiam quando querem um brinquedo que os pais não podem comprar. As lágrimas regurgitadas, amassadas e jogadas em alguma de nossas lixeiras mentais. Todas as balas que adoçaram nossos lábios – sempre amargos e apaixonados por balas. Balas que tiveram como fim não um estômago, mas o fundo de uma bolsa preta. Todos os fins de semana que demoram para ir embora. Todas as semanas que vomitam facas afiadas, visitas indesejadas, cólicas menstruais, elevadores trancados, ferimentos leves nos dedos, saídas de emergência, convites para aniversários de crianças nas nossas pernas – não mais tão lúcidas.

Tudo (ou quase tudo) vence.

Muitas coisas vão parar na lixeira.

Essas, porém, não são as que têm a destinação mais dolorosa. Pelo menos sabemos onde elas foram parar.

Ruim mesmo é não saber. Perder as coisas de vista.

Esquecer onde estacionamos o carro. Perder o contato daquela amiga. Dormir na porta do apartamento porque não sabemos onde enfiamos as chaves. Ruim é saber que ele ainda usa aquele celular, apesar de nunca atendê-lo. Ruim é, de certa forma, não mais questionar o fato de

que tudo (ou quase tudo) vence.

Drummond, licença. Teus versos têm residido em meus pensamentos.

O poeta está melancólico. Ele vaga trôpego pelos botecos que contrastam a decadência de tudo o que existe com o farfalhar tímido de saltos finos e determinados. Invade os depósitos de caixas, de meias, de ratos gordos e de resquícios de vida. Não vê, não sente cheiros, não ouve.

Despiu-se de todos os sentidos inerentes à nossa espécie. Rasgou as próprias roupas, os próprios pelos escuros, destruiu pedaços das paredes do seu escritório, que agora não são mais do que farelos brancos que sujam o carpete, com as próprias unhas.

Quebradas, sangrentas, risonhas, estas não gostariam de pertencer a outro poeta.

A satisfação em servirem-lhe de apoio não é a sensação predominante, entretanto. As unhas do poeta melancólico amam-no, acima de tudo, porque ele arranca as flores que nascem, de intrometidas, no meio das calçadas lotadas de gente e de olhos exaustos e de amores abortados antes do primeiro mês de constatação. Amam-no porque o poeta beija as suas pétalas como se fossem lábios há muito cortejados. Amam-no porque o poeta para, liga o rádio, troca a estação, deita no sofá de madeira e estica-se, e fuma uns cigarros, e desliga o rádio, e se levanta e checa *se ainda tem gás.*

Mas agora o poeta não está mais melancólico.

Ele não mais verifica. Não mais resgata as flores intrometidas que temem o futuro e os saltos finos determinados. Não é mais amado pelas próprias unhas, portanto.

Não mais invade depósitos.

O poeta está mais do que melancólico.

Mais. Muito mais.

Ele agora ama.

Contempla tristemente as nuvens que correm, apressadas e descoordenadas. Ajuda o idoso a sentar-se, encaminha as cartas e preenche os recibos. Extravia os livros que outrora considerava íntimos. Livros com os quais partilhava segredos e o desejo incomum de saber mais sobre as pessoas e suas esperas, e suas amarguras, e suas tristezas, e suas sextas-feiras, e suas idas à beira da praia.

Ele agora se sente pronto para amar, apesar de não estar pronto. A ilusão da prontidão o mantém calmo. A ideia falha de que tem controle sobre as suas sensações o ajuda a pegar no sono, quando os chás e comprimidos não bastam.

E a mocinha tem nos olhos a delicadeza de uma folha que teme a própria queda, mas que tem consciência de que não pode evitá-la. E o barulho dos seus saltos finos e determinados, que fazem as calçadas tremerem de leve, agradam, curiosamente, os ouvidos do poeta. E ela tem para si a percepção de que não somos mais do que poeira estelar, esperas e lágrimas contidas. A brasa de uma fogueira acendida às pressas para o menino com febre não morrer de frio. Os corredores intermináveis e brancos. O ônibus lotado e fedido, o caderno nunca mais aberto, o cabelo queimado. Ventiladores que fazem circular o ar cada vez mais quente. A garrafa de champanhe jamais vendida.

Os ombros dela suportam o mundo. E ele não pesa mais que a mão de uma criança.

O poeta não mais melancólico a ama.

Mas ela não liga.

Os saltos finos e determinados da moça mais fina e determinada do que qualquer outra coisa fazem as flores intrometidas sangrarem. A dor das pobres plantinhas é dada conforme a avidez dos passos da moça. Muitas são levadas, arrastadas, mortas, humilhadas.

E a moça segue, não sente pelas flores nada mais do que um bocado de desprezo.

E o poeta não mais as percebe ou lamenta, ou comove-se.

Caladas, sozinhas e devidamente sentadas

Remando, remando, remando e enfrentando a maré, e preparando um ensopado, e derramando lágrimas na panela. Sem esboçar reações. Sem despertar nos outros qualquer desconfiança, qualquer suposição, qualquer vontade de oferecer-se para reparar o ensopado, *pelo menos até as lágrimas resolverem parar de rolar e de ferrar com tudo*. As pessoas estão caladas, e sozinhas, e devidamente sentadas. Segurando suas bolsas e suas contas de luz e seus carnês e seus filhos pequenos.

Esperam que o motorista seja bacana e servical e humano, e que diminua a velocidade do ônibus quando elas precisarem descer. Os filhos são tão minguados e frágeis e vulneráveis que seriam lançados contra o chão diante de uma freada súbita. E é o que acontece.

Descobre-se que o motorista não é legal. Ele está fazendo o trabalho dele, não precisa ser gentil. Só precisa dirigir.

Calado.

Devidamente sentado.

Um guri franzino, frágil e vulnerável também está fazendo seu trabalho.

O cobrador é gente fina, permite que o corpinho magro passe por debaixo da roleta já que, evidentemente, o guri não tem um tostão sequer. Estou calada. Sozinha. Devidamente sentada.

Pensando na minha vida, e na minha morte, e no que vai acontecer entre uma coisa e outra – como se pensar acerca desses assuntos fosse me trazer alguma certeza. Como se pensar nesses assuntos fosse fazer algo diferente de se enfiar cada vez mais em um beco escuro e sem saída aparente.

Vejo o menino.

E as balas de goma que ele segura. Que ele cuida. *Balas de goma nas quais deposita uns pequenos resquícios de esperança.* Balas de goma que ele deve esconder embaixo da cama, que provavelmente divide com sabe-se lá quantos outros guris franzinos, na hora de dormir.

Penso nas crianças descalças que comem qualquer coisa que encontram por aí e que não sabem o que fazer. E que não sabem se terão qualquer coisa para comer amanhã. E que se desesperam diante de tamanha carência de tudo.

De pai, de mãe, de tia, de escola, de comida, de banho quente, de lençóis limpos e de termômetro sempre à disposição.

Não percebo se o guri está ou não descalço, ou usando chinelos de dedo, ou botas, ou pantufas.

O ônibus está, aos poucos, se tornando pequeno para tanta gente.

Vejo o suficiente para supor que ele usa chinelos. E quero comprar todas aquelas balas de goma. Quero perguntar-lhe sobre a sua vida, e sobre sua cama, e sobre seus lençóis e sobre seu estômago.

A voz inocente tenta fazer-se audível, apesar de todo barulho (trânsito, corações apressados e aturdidos).

Improvisa uma letra a fim de atrair fregueses. Menciona, entre um verso e outro, que precisa ajudar a família. A cantoria desafinada acorda os olhos dormentes de vários passageiros.

P.S.: Uns pacotinhos de balas de goma estão melando o fundo da bolsa da minha mãe.

Criança sem sapato

Esse calor é uma das coisas que me impedem de ser feliz. Não consigo dormir direito, não consigo me sentir limpa, não consigo ter vontade de abraçar os outros, não consigo puxar papo com desconhecidos na parada de ônibus porque nós, inevitavelmente, fedemos. Suamos. *Nos zangamos com o fedor e com o suor e acabamos calados.* O calor impede que a fumaça do cigarro do tiozinho siga a sua vida e ela fica condensada, pendente sob a minha cabeça, tentando chamar a atenção. E é claro que ela chama. Mas, na maior parte do tempo, tenho estado devidamente contida dentro do cercado que criei em torno de mim. No máximo vou até a varanda e me sento e observo a vida e os pedaços de frutas silvestres que os animais não quiseram comer. E, nas horas mais difíceis, quando a noite se encaminha à minha porta, me ocorre que corremos por toda essa superfície coberta de silício, como as lagartixas que correm e correm cada vez mais rápido pelo chão das casas, temendo vassouras, chinelos e pessoas. Que nos contentamos com nossas vidas dosadas e limitadas a um apartamento de três quartos. Que nos refugiamos em nossos quartos recém-pintados sem ligar para a toxicidade que visita nossos alvéolos pulmonares, a cada respiração. Que conhecemos as camadas mais superficiais do outro, e que as superfícies nos parecem suficientes. Que gastamos a primeira parcela do nosso décimo terceiro com aparelhos eletrônicos que geralmente estragam cinco dias depois de a garantia expirar. E que sentimos falta. E que eu sinto falta. Dos romances perfeitamente improváveis, das mãos que pegaram nas minhas quando minhas canelas e minhas pupilas e o meu miocárdio precisavam sentir alguém.

Eu sinto falta.

E sentir falta me faz lembrar de um poema, de março, de sobremesa de leite condensado, daquele braço curiosamente forte e, concomitantemente, vulnerável, dos dedos por pouco macroscópicos dos bebês, das noites nas quais o meu sono foi suprimido.

Me levanto e me carrego e puxo a cadeira para mim mesma e me sirvo uma bebida e desisto.

Ligo o chuveiro e não sou mais a que sente falta, a que pega o ônibus das 7:30 para tentar entender Matemática, a que dorme encolhida e com a cabeça coberta, a que se atrapalha, a que se serve uma bebida, a que tem medo de roda gigante.

Sou a primeira gota d'água gelada que escorre pela minha espinha e desce e contorna minhas marcas e minhas inseguranças tão minhas, e o resto de creme corporal, e o suor. Sou uma criança, daquelas das quais tenho pena por não terem sapatos. E a distinção dos sentimentos, as coisas constantemente mutáveis que nós somos e toda essa loucura cuja existência as pessoas preferem ignorar me fazem desviar os olhos para a porta. Me enxugo com a toalha. E eu espero. Ando até o meu quarto recém-pintado, inalo o cheiro de tinta, inalo o cheiro do meu próprio perfume, inalo o cheiro de produtos de limpeza, inalo o cheiro de nada. *E eu espero que os e-mails cheguem, que a cólica passe, que o ônibus não atrase tanto, que a chuva espere eu chegar em casa, que toda essa loucura continue respirando e permitindo que a gente respire.* E quando sinto vontade de me enfiar em uma bolha plástica e ficar lá até todas as minhas células se foderem, penso nas gotas, nas crianças, nos alvéolos pulmonares, nos braços, nas mãos, nas promoções, nas pessoas suadas e fedorentas, nas garantias, nos dedos pequenos, nos sentimentos... E, sobretudo, na vida.

Manguito rotador e outras coisas

Disse a ela que é mais fácil enfrentar a vida depois de despir-se de pelo menos algumas das porcarias que pesam e que fazem os moços andarem meio tortos pela vida – aquelas porcarias responsáveis por sermos diagnosticados com "lesão do manguito rotador". Disse também que o mundo continua sua corrida frenética, independente do estado em que nos encontramos. Que as luzes dos apartamentos continuam acendendo e apagando. Que as cortinas continuam lá, mesmo depois de as pessoas não estarem mais.

As encomendas continuam chegando, os motoristas continuam se xingando.

Alguém se surpreende com um pedido de casamento, com o rompimento do noivado, com a morte de uma pessoa próxima, com a morte de um desconhecido cruelmente assassinado.

Tudo continua acontecendo exatamente como sempre aconteceu.

Disse a ela que as relações (escrevi relação no mínimo quatro vezes) devem tentar ser saudáveis. Que ela não tem um motivo para deletá-lo das redes sociais, para queimar as fotos tiradas no verão passado, para julgá-lo e para começar a concordar com a sua tia, que sempre afirmou – veementemente – que ele não presta. Ele só foi em uma festa da empresa. Você não o pegou agarrado a uma guria, no estacionamento do Nacional. Ok.

Disse a ela que os nossos pais, às vezes, têm um jeito diferente de mostrar que se importam. Que eles têm as razões deles para não terem autorizado ela a fazer uma tatuagem, ou a pregar pôsteres pelo quarto.

Eles devem ter razões.

Acho.

Disse a ela, há alguns meses, enquanto a chuva levava embora o açúcar das mãos do motorista, que o cara vai morrer, que ela vai morrer, que eu vou morrer. Que, se envolver amor, não temos nada a perder quando temos quase setenta anos, ou quase vinte, ou quase trinta. Que cada um sabe até onde é possível ir. Que o fato de ela não saber como se comportar quando está perto dele está diretamente relacionado ao fato de o coração dela ainda sentir alguma coisa. Alguma coisinha. Uma leve e maldita palpitação. Dorzinhas na nuca, um instinto totalmente humano que a ordena a desligar a televisão quando o personagem da novela está prestes a fazer alguma coisa válida por si mesmo. Uma vontade de convencer as amigas de que investir em uma relação duradoura não vale a dor que vem depois.

Eu disse.

E carrego minhas porcarias e ando torta pela vida e discuto com os meus pais e deletei o carinha de todos os meios dos quais é possível deletar alguém e deixei que ele fosse e não disse nada e nada e escrevi um texto porque foi a única coisa que saiu quando percebi que estava tentando fugir de uma coisa que ele me fez sentir e chorei quando o personagem criou vergonha na cara e abandonei os romances protagonizados por pessoas lindas e apaixonadas e felizes.

É mais fácil dizer e escrever o que se acredita ser o certo.

Viver não nos permite pensar mais do que três minutos em uma resposta. Não nos permite pausar a cena para tomar um copo d'água. Nem sempre nos permite enxugar os olhos e assoprá-los, na tentativa de ocultar o que nos dói.

Viver é lutar constantemente. Requer uma boa dose de bom senso, paciência, no mínimo oito horas de sono diário, consulta médica mensal, tratamento dentário assegurado pelo plano de saúde, pagamento de roupeiros, geladeiras e smartphones.

(Você acorda segunda-feira com uma dor lancinante nos ombros. Levou as crianças para correrem, no sábado, em um espaço consideravelmente grande, se comparado ao playground do condomínio. Tá aí. Você mesmo se diagnostica. A tua mente errônea te diagnostica.)

Lágrima

Faxinei o meu quarto nesses dias, além de ter lavado alguns calçados e de ter estudado termologia, e de ter feito mais um monte de coisas que não te interessam. *Não precisa fazer essa cara* (por favor, não me sinto bem quando você franze o cenho. Tira essas mãos do bolso, e, se não for pedir muito, não tira os teus olhos de cima dos meus. Deixa eles... Aí. Congela). Eu sei que essas são coisas que fazemos (ou que eu faço, como preferir) para tentar driblar a tristeza. Tentar disfarçá-la. Mas... Não, na verdade não. Essas são coisas que fazemos (faço) para expô-la, inescrupulosamente, nua e de botas de cano alto, em uma esquina qualquer. Para ver se alguém nos (me) percebe exatamente como estamos (estou). Nos (me) enxerga além do que aparentamos(aparento). *A gente (eu) sempre quer (quero) que as pessoas percebam, nos (me) adivinhem, nos (me) descubram em nossos (meus) esconderijos, no meio das matas e das pedras e dos nadas.* Queremos (quero) e precisamos (preciso) de um ombro disposto a ficar coberto de gotas de água quente. Mas somos (sou) essas (essa) coisas (coisa) bizarras (bizarra) e complexas (complexa) e simples demais, que odeiam (odeia) as segundas-feiras e que esperam (espera), impacientemente, pelas sextas-feiras, e que não sabem (sabe) pluralizar algumas expressões. Mas... Tá, não vou demorar. Tudo bem. Deixa eu continuar te contando: no dia da faxina eu limpei cada canto, e observei o surgimento de diversas poças de água por todo o meu quarto. Mas elas eram mais do que poças, não sei o que elas eram. E eu chorei. Chorei e no início reprimi as lágrimas curiosamente. Não saía nada. Depois de uns minutos, elas começaram a cair. E aconteceu uma coisa, não sei se você acreditará em mim mas... Sobrou uma lágrima. Alojada no canto do meu olho direito. E ela estava com medo, o pavor saltava de sua abstração. Ela queria deslizar pela minha pele ao mesmo tempo em que temia a queda. E me perguntei, sim, é, se aguentaria finalizar a faxina sem promover as poças-de-água-que-não-sei--direito-o-que-eram a pequenos lagos, com a ajuda da lágrima medrosa e das amigas dela.

    (Meus olhos dormiram no colo dos teus. Tudo bem, acorde-os.) *Não, sério, tá tudo bem*. Entendo que você tem que ir embora. Desculpa... Tá tudo bem. Tá tudo bem. Tá tudo bem.

    (E a lágrima medrosa rolou.)

Não tenho nem como definir

As pessoas dizem que sempre há algo de bonito na dor. Algo que torna possível conviver com ela sem sentir vontade de amarrar os calcanhares, furar os pneus do carro ou fazer qualquer outra coisa idiota e autodestrutiva, só para poder ficar em casa. Ouvindo o ronco do vizinho bêbado que ignora a existência das cortinas. Observando as moscas transitarem e desejarem os resíduos orgânicos – jogados pela sala.

Dizem que a passagem do tempo ajuda.

Que a dor vai se descascando, mesmo que lentamente. Que, no fim, sobra só um minicaroço. E cabe ao nosso bom senso dar a ele a destinação correta.

Não sei se sinto dor. Se sinto um minivazio que, coincidentemente, é o encaixe perfeito para o minicaroço. Se estou feliz com este setor da minha vida, se acho que poderíamos ter dado certo, se tenho nojo de você, se deveria ter feito alguma coisa que não fiz, se me importo.

Não sei se me importo com você.

Não preciso te dizer que chega. Que o teu jeito me exasperou, e que eu decidi interromper qualquer possibilidade. E que eu fechei a porta. Empurrei todos os móveis dos quais dispunha para qualquer fresta que ousasse existir. Não responderei mais os teus recados, os teus soluços. Não me admiram mais teus sapatos gastos, tuas sobrancelhas perfeitamente tecidas e moldadas e com a quantidade exata de fios e mistérios. Não me interessam mais tuas loucuras, teus passeios noturnos pelas ruas depreciadas e tristes, apesar do inverno. Não me gritam mais tuas bochechas mornas, teu nariz levemente arrebitado, teus discursos, teus parágrafos nada coloquiais, teu orgulho sempre exigente, sempre apontando, sempre te fazendo voltar para casa ainda mais vazio. Ainda mais transbordante. Não me ocorre mais aquela vontade de te decifrar, de abrir o teu casaco e espiar o que tem aí dentro. De apertar as tuas mãos e as tuas canelas até você exprimir alguma insatisfação. Não penso em te chamar para caminhar, em atentar para os detalhes teus para os quais ninguém atenta. Não quero mais que você compartilhe comigo qualquer aquisição, qualquer mão atipicamente gélida, atipicamente tranquila, atipicamente carinhosa.

Porque não me importa mais.

Era inútil continuar insistindo.

Meus tênis de corrida, meus tendões, gastrocnêmios... Todos aqueles fins de tarde, que borrifavam gás tóxico bem no meio da minha cara, me fizeram enxergar.

Recaídas

As recaídas acontecem quando estamos atordoados com os trabalhos que temos para entregar, quando uma preocupação paira sobre nossos dias, quando o nosso cachorro adoece, quando não temos tempo para conversar com alguém sobre as nossas coisas.

Acontecem quando sentimos uma vibração na nuca durante o almoço, quando umas caixas lotadas de aleatoriedades são endereçadas à nossa porta, quando uma senhora fofa senta ao nosso lado na parada de ônibus. Às vezes acontecem quando vemos uma família fazendo compras no supermercado, quando vemos um casal se beijar na frente da locadora, quando um alemãozinho tropeça na calçada (porque estava distraído demais olhando para uma estrela). Às vezes acontecem quando uma pessoa caminha ao nosso lado por dois minutos, nas calçadas estreitas, quando estamos com pressa. Acontecem quando um cara discursa no fim de uma palestra.

Mas, na semana passada, aconteceu quando conversei com uma velhinha.

Aconteceu pelo omitido e pelo gritado e pelo que minhas capacidades sensoriais limitadas não conseguiram apurar. Aconteceu quando ela me disse, principalmente, porque, enquanto ela me dizia, eu sentia a vibração na nuca. Aconteceu quando percebi que a velhinha estava tomando o cuidado de manter um tom de voz suave.

(Ninguém quer acordar dores que demoraram para dormir.)

Aprendemos desde cedo a nunca receber estranhos na nossa casa e que não podemos, em hipótese alguma, aceitar carona, doces e conselhos de qualquer um. Mas a velhinha contrariou essas coisas e abriu a porta para mim. E eu ignorei o bom senso, tirei os calçados e entrei. Toquei na mesa de madeira, sentei no sofá e deixei a velhinha olhar para mim para que ela permitisse que eu também a olhasse. E nos vimos e sorrimos. Ela me disse que ainda o ama e que ainda sente receio do que sente. Discorreu sobre um incômodo com o qual diz lidar diariamente: as vibrações na nuca.

(Recaídas.)

Reclamou das caixas cheias de aleatoriedades que não param de chegar pelo correio. E disse que o amor estava ali, ao alcance das mãos dela.

Indicou com uma de suas mãos nervosas. Ele estava a tipo cinco passos dela.

(Mas havia intromissões e precipícios e abismos entre o primeiro e o último passo.)

Percebi que ela bem sabe que essas coisas não têm a ver com espaço físico, nem literalmente com o contato, com o toque, com o piscar.

(Que o que importa não é o toque mas o que o toque provoca. Que o que importa é a dor que se sente e não as três letras da palavra dor. Que o que importa é o sentimento que morre na boca quando piscamos e não todas as outras-milhares-de-piscadas que têm a função de lubrificar nossos olhos.)

Recaídas.

Acontecem quando queremos que tenha a ver com o espaço físico. E quando sabemos que, por mais que doa, é melhor e mais bonito que não tenha. É melhor que os nossos sentidos não apurem tudo, porque é o que está por trás de tudo que faz o tudo ser o tudo.

O amor não aceita ser considerado banal.

Eu e a velhinha vestimos nossas armaduras mais ou menos dez minutos depois do início da conversa.

Daí ficamos com receio de falar demais.

(Me senti idiota ao dar de cara com uma ânsia.)

Vesti meus calçados, engoli a ânsia e peguei o ônibus.

Preciso. Falar. Contigo.

Eu com certeza não tenho a prosa articulada e genial da Martha (nem tenho a pretensão de escrever como ela). Mas eu sinto um prazer imenso em transcrever os meus sentimentos para páginas em branco e é isso aí. Eu realmente gosto disso. É uma das atividades que me causam a sensação ilusória de que estou, aos poucos, permitindo que fardos deslizem pelas minhas mãos. *E que estou, cada vez mais, livre.* Livre para correr e tirar um cochilo na BR. Livre para exercer a maravilha de ser livre. Livre como uma pena, cujo único objetivo aparente é voar. Mas eu passo por semanas sem tocar fundo no que sinto. E não chego ao ponto de fazer o poço transbordar. Daí não sai nada. Nadica. E tem vezes, nas quais toco fundo, mas não o suficiente. Continua saindo nada. Nadica. E, bem, não, não é bom sentir-se transbordando. Como se aquilo que somos fosse varrer a cidade e deixar vítimas, como se aquilo que sentimos tivesse o poder de destruir quiosques, arquibancadas e bancos de praça. Assim como não é bom sentir ânsia de vômito no meio da noite. Mas escute e veja se concorda comigo: o pior não é vomitar, mas provar da sensação de descontrole do organismo. A ânsia é pior do que o vômito. Porém, não é o que nós tememos de imediato. Quando o vômito vem, foi. Passou. Que alívio, nossa. É assim, cara. É assim sentir-se transbordar. O medo de deixar acontecer não é superior ao alívio de perceber que aconteceu e que passou.

Agora, nossa, o que tem saído de mim nas últimas semanas se resume em textos autobiográficos. *Desabafos, delírios, loucuras, pensamentos que mantenho desacordados.* E, por mais que eu tente desviar a escrita das artérias fatigadas do meu coração, não tenho conseguido. Posso começar contando a história de um búlgaro solitário, que ganha a vida consertando relógios, com os quais ninguém se importa. Logo relógios, os temíveis instrumentos que indicam quando devemos inventar qualquer desculpa para sair de uma reunião – nesse caso, aliados importantes. Logo relógios. Que mostram os grãos de areia correrem, pelas curvas da ampulheta. Hora de desatar, de debruçar-se na mesa da cantina e relaxar. Mas bem rápido. Cinco minutos no máximo. Logo relógios, que vida miserável. Tento seguir traçando os caminhos do búlgaro, dobrando, evitando. Placas de pare. Avance. Certifique-se de que o carona está usando cinto de segurança. Ok, essa foi por pouco. Obrigada, cara, valeu mesmo por me deixar ultrapassar. Chego quase no fim, tô quase obtendo êxito. E lá está o músculo responsável por bombear meu sangue. Sentado numa cadeira, erguendo um manuscrito em letras pretas: Preciso. Falar. Contigo.

Certidões de nascimento

Não conhecemos todas as pessoas que as pessoas são. Somos múltiplos.

Restos, fileiras disformes, metais pesados acomodados no fundo de uma gaveta de cacos, pedaços de pão que ainda esperam que alguma coisa aconteça. Somos vários. Vivemos períodos conturbados e discutimos com nossas próprias posições. A sonoridade de uma palavra, que se balança nas cordas vocais de um desconhecido, se balança nas células sensoriais dos nossos ouvidos. E dançamos.

O curioso é que portamos uma única certidão de nascimento.

Um único RG, uma única carteira de motorista.

Mas nós renascemos.

E, ao contrário do que muitos pensam, não renascemos a cada manhã.

Renascemos a cada instante.

Depois da prova da semana passada, depois de um acidente de lancha, depois de uma infecção estomacal, depois de uma bagunça, depois que as peças de cerâmica desbotam, depois que as paredes exigem uma segunda demão, depois que as pessoas vão embora e nos dão – talvez – o último abraço.

Não somos mais o que éramos ontem.

Nem biologicamente.

Um bando de células morrem para que um bando de células novas participe das nossas reações metabólicas e da construção de nossos seres.

Somos toda essa loucura e alguns julgam a vida como algo normal.

Somos a euforia depois de ler um e-mail, um blusão de lã feito pela nossa avó, um prato de sopa, em julho, e água gelada depois da praia, no fim de janeiro. Somos as picadas de mosquito, dois colchões para nove pessoas, um guarda-chuva para três, um chocolate para cinco.

Somos essas coisas frágeis.

Coisas que não entendem bem de gramática, de pontuação, de ondulatória e de dor.

Mas que tentam.

Não somente entender, dar uma mão ou ajudar um colega com genética. Mas que tentam, sobretudo, sentir.

Permitir-se sentir.

Por mais que sentir demais nos leve aos porões e aos abismos e às calotas polares e aos desastres e aos amores e às singularidades e aos melhores e mais sinceros abraços.

É melhor sentir.

É melhor que seja assim.

É.

Eu acho que é.

E sobre as certidões: os caras não poderiam expedir uma certidão de nascimento a cada nascimento. Somos limitados quando levamos em conta toda e qualquer padronização, toda e qualquer formalidade.

Mas nós, mesmo sem nunca nos darmos conta, expedimos.

Nosso corpo todo bem sabe.

Nossas certidões, leitor, estão nos nossos tecidos, nos nossos hábitos, nos pelos das nossas pernas, no olhar, nos passos e em qualquer outra coisa que nos identifique. Elas não são físicas. Não podemos rasgá-las ou fingir que elas não existem.

(Cole as suas certidões em um mural e enfeite-o com o que lhe parecer mais próximo da pessoa que nasceu quando a última certidão foi expedida. E aguarde. Sim. Os nossos "cartórios" internos não estão dando conta.)

Tanta coisa aconteceu

Jamais vou conseguir externar todas essas misturas, essas sensações, esses choques, essas substâncias químicas, esses elementos, essas vozes, essas bocas – tão inquietas quanto minhas inquietações mais antigas. Jamais vou conseguir tocá-las ou tomar um mate com elas enquanto as pessoas se devoram, enquanto a crise financeira se alastra pelos continentes, enquanto a guria percebe que não vale a pena, enquanto as pessoas dançam e pegam seus filhos no colo e dançam com seus filhos e simplesmente dançam, e simplesmente honram a beleza toda de toda essa loucura suicida e homicida que é viver.

Nunca tinha percebido, nesses quase-dezesseis-anos-de-loucura-suicida-e-homicida, a beleza de um passo de dança que não foi ensaiado.

Percebi ontem.

As cabeças lá atrás, balançando, sentindo. Corpo extasiado. O número total de lágrimas que derramei ontem não poderia ser precisado por nenhum matemático, independentemente da extensão do seu currículo e das suas especializações e projetos de pesquisa e do seu Nobel de mil novecentos e noventa e poucos.

Dancei com meus queridos.

Dancei com a mão no bolso, dancei enquanto prendia o cabelo, dancei enquanto engolia outro lote de lágrimas, dancei enquanto alguém devorava um cachorro-quente – que há muito deixou de ser quente – em algum lugar do mundo. Dancei como se meus braços, minhas articulações e todo o resto de mim estivessem vivos. *Dancei como se meus braços, minhas articulações e todo o resto de mim quisessem viver.* E tirei a mão do bolso e desisti de fazer um coque decente e resolvi deixar as lágrimas fazerem o que estavam esperando para fazer. Suei. Abracei pessoas com as quais nunca conversei. Me entreguei a cada abraço. Levei um soco na bochecha e segui dançando. Alguém pisou no meu pé e segui dançando. E resolvi não beber água. E segui dançando. Pensei em todas as pessoas que foram embora e nas que ainda vão ir. Pensei que eu também vou. E que é preciso ir, afinal de contas. Pensei em me salvar das colisões, das batidas, dos socos despretensiosos, do suor, do calor, da dor de ouvido, dos tropeços e de todo aquele cambalear sem sentido.

Pensei em sumir.

Pensei no abraço de despedida e no primeiro abraço e no abraço que quis dar e no abraço que me fez querer sumir e nos braços com vida própria e nos abraços que fizeram a minha loucura toda sentar, mascar uma bala de iogurte e assistir um pouco de televisão.

E segui dançando.

Tudo foi gravado bem devagar. Os passos, o balançar, a apreensão, a pressa, a vontade de correr porque a música gritava os nossos nomes.

Como se a música soubesse de tudo.

Das chuvas, das arquibancadas vazias, dos soluços, das xícaras espalhadas pelo chão, dos lenços, do chuveiro queimado, do banho de balde, do banho de caneca, dos livros extraviados, dos cochilos discretos, dos bocejos de sexta-feira, de todas as memórias, de todas as vezes em que fomos salvos, dos arranhões que cicatrizaram, de todas as vezes em que não vimos a placa de "piso molhado", de todas as vezes em que sentimos, de todas as vezes em que fomos preenchidos pelo sentir de uma forma assustadoramente admirável, das pernas que perderam o equilíbrio, dos olhos daquelas crianças, das reações que as nossas papilas gustativas expressam quando provamos algo novo, dos textos que nunca foram concluídos porque há textos que não aceitam conclusões.

E segui dançando.

Tudo é louco

Deveríamos dar um jeito nessas nossas insistências. Sim, nessas mesmo. As que se acomodam do lado do nosso travesseiro todas as noites, enquanto estamos distraídos escovando os dentes e nos preparando para mais uma das insistências diárias: dormir. Não dormimos. *Pensamos o tempo todo*.

(E isso é, tão e somente, perigoso. Quem pensa tanto se perde, executa trajetórias que não levam a certezas, se zanga, abandona o emprego e toma banho pelado em um rio em véspera de feriado.) Pensamos nas loucuras, nas divergências e choques e batidas e acidentes. Pensamos em como proceder, se há como proceder. Pensamos que nada faz sentido mesmo e que talvez o bacana seja não fazer. Pensamos nas crianças famintas e nas que enfrentam tratamentos quimioterápicos e na vontade que elas têm de enfrentar tudo o que aparecer. *Lembramos das vezes nas quais fomos obrigados a conviver com mais loucuras do que éramos capazes de suportar*. Dos dias em que as loucuras lotavam os cômodos e decidíamos que a única saída era abrir a janela. O mais engraçado é que nós sabemos que agora existem mais delas.

E por isso não dormimos.

Pensar sobre isso nos cala diante do mundo, das segundas-feiras, do buffet a quilo e do plano telefônico que queremos cancelar.

Porque essas outras loucuras não calam a boca, elas não cansam, elas rasgam a pele que lhes cobre a espinha, elas se equilibram em linhas imaginárias que cortam o quarto, elas pulam da mobília e não temem os hematomas, os cortes e tudo o que se jogar de um roupeiro implica.

Podemos tentar abrir as janelas à vontade e nada nos impede de optar por quebrar os vidros.

Mas não adianta.

Sabemos que agora é preciso contratar um carinha que se disponha a quebrar as paredes. E suspender o teto.

Precisamos engolir a comida direito e caminhar sem temer os buracos da calçada, os motoristas retardados, ou uma pessoa que nos entenda e nos faça sentir de novo. Precisamos procurar outra pessoa, uma que seja corajosa e louca o suficiente para aceitar viver com pessoas como nós – pessoas que não têm teto, janelas, planos, sanidade e bom senso.

E precisamos não temer essa pessoa e também não esconder dela as nossas loucuras e as nossas insistências e a nossa dificuldade de fechar os olhos. *Precisamos na hora certa, na hora errada, na hora do almoço dizer a ela que temos vontade de desviar, de trocar de corredor e de vida e de ônibus e de mesa e de cama e de chuveiro.*

Precisamos colocá-la a par de nossa última descoberta: todas essas coisas são doentes.

Todas essas coisas bizarras, que nos esperam na esquina de casa com dois bombons na mão direita e com uma imensa ausência de qualquer coisa na mão esquerda. As nuvens que podem ser classificadas de acordo com a sua altura, a possibilidade de calcular a velocidade com a qual ocorre a síntese de um composto amplamente utilizado pela indústria, as ondas sonoras longitudinais e mecânicas, os pensamentos de Ockhan sobre os universais, o encontro de pessoas que ontem estavam em hemisférios diferentes, o táxi que adivinhou que estávamos precisando dele, o olhar odioso de alguém que sabe a verdade e a mentira e que sabe que não existe verdade e que sabe que talvez nada disso exista, que talvez tudo seja um sonho louco, ou o que acontece no intervalo de tempo que antecede uma piscada, e no que sucede outra e no que antecede outra e no que sucede outra.

Precisamos dizer a ela que o maior paradoxo de toda essa loucura é que são essas mesmas coisas que fazem a vida ser o que os dicionários não conseguem explicar concisamente, em seis linhas. E, se der tempo, é válido dizer a ela que tudo isso é uma onda que se propaga indefinidamente, rumo a lugar nenhum.

E que o amor é sair de casa segunda-feira de manhã, enfrentar as feições assassinas do chefe sem afofar a bochecha direita dele com um soco, errar a rua e ser obrigado a fazer o retorno em meio a um bando de pessoas que também erraram a rua, esperar por trinta minutos para passar uma água com gás no caixa do supermercado, tomar banho de chuva porque resolveu deixar o carro para lavar, esquecer a senha do banco e ter que provar que não é um gângster, não aguar as plantas e se sentir inútil ao constatar que é tarde demais para recuperar o que foi embora. (As plantas morreram, o táxi não parou, o gordo bateu na tua traseira.)

Que o amor é estar pelado no meio da rua em uma sexta-feira à tarde, enquanto todos te olham e franzem o cenho e cochicham e observam e viram a cara. Que o amor é rir das próprias merdas e conviver com loucuras e insistências e unhas roídas e sapatos gastos e vizinhos com gosto musical duvidoso.

Que não podemos temer encontrar alguém.

Porque, simplesmente, não faz sentido temer esse encontro.

Não faz sentido não amar, não ser apontado e não ser repelido.

Não faz sentido não ser.

Olhos e cenas

Aviso prévio: ela parece ser tão tristemente feliz. E essa conclusão paradoxal à qual cheguei me motivou a escrever isso.

(Ignore o fato de que esse texto tenha saído mais desconexo do que o olhar dela.)

Eu... Acho que tenho algumas coisas para dizer. Um emaranhado de coisas, na verdade. Coisas perfeitamente organizadas.

Ou quase isso.

Sinceramente, posso compará-las a um bando de nós desagradáveis, que arranham meus tecidos, minhas feições e minha chance de enfrentar os dias com mais leveza e com menos fardos de arroz competentemente acomodados nas minhas costas – sempre doloridas e cochilando entre um suspiro e outro.

O blusão que ela "veste" claramente não serve mais.

Os braços cresceram e gritam o suficiente para que quem tenha um par de ouvidos ouça: crescemos. As mangas estão curtas, a cor já era, e alguns buracos tímidos aparecem quando são encarados de perto.

Eu percebo os braços maiores que o blusão que os aquece. E percebo a quem os braços grandes e o blusão pequeno pertencem. Ela deve ter uns oito anos. Cabelo curto, na altura do pescoço. Ela sorri como se sorrir fosse a sua única opção e como se não soubesse que pode expressar algo diferente de um sorriso.

Percebo os olhos dela, o espaço entre o nariz e a boca, alguns dentes que se esqueceram de acompanhar o crescimento dos outros.

O seu olhar desconexo me percebe.

E ela continua optando pela única alternativa que acredita possuir. E de repente se levanta do banco no qual está sentada. E se senta. E direciona seus olhos pálidos ao mundo e a toda aquela poeira e a todos aqueles pares de olhos pálidos e desconexos e tristes e preocupados com a prestação das tintas, com o empréstimo, com o fim do bloco de passagens escolares dos filhos e com o fim do saldo bancário. A diferença é que os donos desses pares de olhos não sorriem há, no mínimo, duas semanas. E estão, aos poucos, perdendo o hábito de considerar outras possibilidades de expressões faciais as quais adotar.

Não, não, não.

Ela tem, basicamente, apenas essa opção.

Ela sorri e é isso.

Ela abre a boca e quase grita e quase corre e quase quebra o vidro e quase bate no passageiro da frente porque não consegue controlar seus impulsos e a força de seus braços.

Desvio os olhos para quem está ao lado da criança. Senhora, olhos tristes, testa enrugada, lábios comprimidos, olhos estreitos, uma imensa vontade de ir para qualquer lugar que a distancie de si mesma e uma imensa certeza de que isso não é possível. A senhora olha para a frente e para a criança e para o cobrador do ônibus e para a criança e para os próprios braços e para o reflexo da cena formado na janela e para as próprias mãos e para o blusão pequeno e para as mangas tão curtas e para a ausência de cor. De tudo.

A senhora quer.

Nossa, ela quer muito.

Ela quer que não sejam necessários cinco tipos de remédio, consultas periódicas, exames mensais, mais remédios, mais consultas, mais exames, mais remédios, mais ausência de cor, mais exames e mais consultas e mais ônibus lotados e mais blusões que não mais cabem e mais percepções acerca da necessidade de comprar um blusão novo para a criança – pelo menos um. Eu assisto e eu choro e eu me permito assistir e eu me permito chorar e eu me permito perceber. Essas cenas extraordinariamente miúdas e gritantes arrancam minhas entranhas e as convidam para dar uma volta.

E não consigo dizer não a convites desse tipo.

(Valeu a pena ter acordado às sete da manhã e ter dormido por menos de cinco horas.

Não teria dado voltas pelos olhos das pessoas, não teria encarado suas órbitas e suas cores e sua palidez característica se tivesse ficado em casa dormindo.
É.
Valeu a pena.)

Ouvi gente comentar que sem amor não há poesia

que sem amor

    os desabrigados,

    os caras que publicam livros,

    e as pessoas que não têm dinheiro para comprar

    um quilo de arroz no mercado da esquina,

    simplesmente não vivem, não sofrem, não sentem os músculos se contraírem

    e sequer percebem seus pelos levantarem e aplaudirem,

    quando a euforia assume, entre um bocejo e outro,

    o controle do corpo.

    mas ouvi também que, de vez em quando,

    quando os dias se limitam a passar,

    a correr,

    e a colidir com nossas feições exaustas,

    ou quando estamos acabados demais para conduzir uma colher de sopa

    à nossa própria boca sem tremer,

    há sólidão.

às vezes o amor é solidão.

    às vezes a solidão é sem acento.

    às vezes

    a nossa mente, a nossa própria mente

    resolve vasculhar frases

    e procura estabelecer relações entre palavras que

    não possuem qualquer afinidade semântica.

    há sólidão, leitor, quando o amor carimba o passaporte,

    quando o amor termina e nos leva a desconfiar de seus

      motivos.

    e a química nos ensina um dos motivos.

    agora eu lembro que

    uma das condições reacionais que devem ser levadas em conta

    em cinética

    é a afinidade química.

    se as substâncias não têm nada a ver, se elas não se derem bem, obedeça todos os critérios

    e escreva quantas frases banais quiser.

    elas não vão interagir do

    jeito que

    se espera.

    porque o universo não nos deve favores.

    nem as substâncias químicas ou as partículas,

nem as frases de um poema
que nem é um poema de verdade,
nem um amor
que nem é amor,
(ou que preferíamos que não fosse).

E, não, nada disso é deprimente, leitor

A terra continua orbitando o sol e, enquanto grande parte dos humanos (que respiram, que são demitidos e arranjam um novo emprego, e que comemoram com seus queridos, e que comem peru) dormem e nem desconfiam que estão sendo vigiados por mosquitos – que procuram braços distraídos –, eu estou encarando uma das paredes da sala e me perguntando o que fez com que os meus pais decidissem pintá-la de azul. Nada a ver, mãe. A cortina é marrom com bege.

O churrasco não saiu. Nem o peru. Nem o panetone, nem a árvore de Natal cheia de luzinhas e enfeites caros, nem a família reunida, nem todas essas coisas aí que você está enumerando – mesmo que de forma inconsciente – enquanto lê.

(Nunca participei de uma ceia de Natal. Nunca comi peru.)

Estava stalkeando uma pessoa porque ela é uma das pessoas mais fodas que eu conheço e porque, no Facebook dela, tem uns álbuns igualmente fodas com fotos de várias viagens que ela fez. E me desculpe pela repetição do "ela" (eu sei que essas frases apresentam vários problemas, sobretudo em termos de interação – assim como eu e o verão, eu e pessoas cuja língua materna não é a portuguesa, eu e qualquer coisa cuja existência esbarre em mim assim que eu acordo). Só estou escrevendo porque o mundo me deprime legal às vezes e porque eu estou realmente incomodada com esses barulhos, com esses sonhos tão vivos que gritam dentro de mim como se tivessem algum transtorno psíquico grave, e com o verão que recém chegou, e com os parentes que não vão vir para a praia, e com os meus primos que, quando estiverem deitados em um colchão qualquer – no chão de alguma casa de veraneio –, não vão mais supor – juntos – coisas acerca dos próximos episódios de *The Walking Dead*.

(Mais tarde vou pesquisar no Google em que parte do corpo dói mais fazer uma tatuagem. E vou visitar lojas virtuais e colocar um monte de superficialidades no carrinho e vou pensar no dinheiro do qual disponho e vou desligar o notebook e, finalmente, vou dormir. E vou estar apagada o suficiente para que os mosquitos se sintam confiantes e levem um pouco do meu sangue. De nada, mosquitos.)

IMPRESSÃO:
Gráfica Editora Pallotti
Santa Maria - RS - Fone/Fax: (55) 3220.4500
www.pallotti.com.br